魔物を従える"帝印"を持つ転生賢者

Mamonowo shitagaeru "teiin" wo motsu tenseikenjya
~katsute no mahou to juuma de hissori saikyou no boukensya ni naru~

～かつての魔法と従魔でひっそり最強の冒険者になる～

〈4〉

苗原一

Illustration BBBOX

Written by Naeharahajime
Illustration by BBBOX

Mamonowo shitagaeru "teiin" wo motsu tenseikenjya
~katsute no mahou to zyuuma de hissori saikyou no boukensya ni naru~

Presented by NAEHARAHAZIME
illustration by PBBOT

序章

かつての従魔の面影

俺――ルディスは千年前、帝国の皇帝として死んだ。

帝国はかつて大陸の東にあった人間の国だったが、俺が生まれた時代は相次ぐ戦争により国土は荒れ果て民衆は飢えていた。俺はそんな時代に皇帝となった。たくさんの従魔と共に。

この世界の人間の一部は、手に印を宿して生まれてくる。その帝印と呼ばれる印は他者を従僕にすることでさらなる力を発揮した。

俺が持つ五芒星の帝印は、魔物を従わせる力があった。

その従えた魔物を俺は従魔と呼んでいた。そんな従魔に絶対的な命令を下すことが出来、俺と従魔双方が多くの魔力を扱えるようになる力をこの印は持っている。

帝国の人間達はそんな俺の帝印を忌み嫌ったが、この印のおかげで俺は多くの従魔と出会い帝国に平和をもたらせたのだ。だから、この印には感謝している。

その従魔と共に、かつて皇帝であった俺は帝国のため尽くした。その結果俺の亡き後、帝国は平和を謳歌し繁栄する。それも五百年後には滅んでしまったが……

何故死んだはずの俺が死後の世界を語れるのか。それは俺が死後千年後に転生したからである。

転生した理由は分からない。民衆の怒りのため自ら死を選んだ俺だが、従魔のことが心配だったのかもしれない。俺の死後、従魔達を人間からの迫害から逃すために未開拓の大陸西部に送ったのだ。

もちろん、強力な従魔達なら俺の亡き後も強く生きていけると信頼してのことだが。

ともかく、前世は皇帝という責任のある立場で自由もなかった俺は、今こうして冒険者としてこのヴェストブルク王国を旅している。

現在は仲間と共に、王国の王女ユリアの依頼を請け負っていた。傷病人を乗せた馬車を護衛しながら、ヴェストブルク王国の首都ヴェストシュタットへと向かう依頼の最中だ。

ユリアはヴェストブルク王国の王女で、困っている民衆を助けようと活動していた。俺が教えた聖属性の魔法や、魔力を得られるという生前の俺の剣……とされるものを得てからは、自ら民の傷を癒している。

今回ユリアは、自分でも治療出来ない者達を王都の優れた医者に診せようと、こうして馬車で王都まで連れていくことにしたのだ。

報酬は五十デルと俺達が頑張れば三日で稼げる金額だったので、二週間近くも拘束されるこの依頼はあまり割がいいとは言えない。ユリアの殊勝さに心を打たれて、受けたようなものだ。

「ネール！　遅れていますよ！」

街道を進む中、ブロンドのショートヘアーの女の子が前方からこちらに叫ぶ。

あの子は俺の従魔であるルーンだ。

従魔ということから分かるように本来は魔物のスライムで、今は人間の少女に擬態している。この世界の人間は基本的に皆、魔物を恐れているので、人間の振りをさせているのだ。

「今、行きますって！　ルーン先輩とマリナみたいに、私は疲れ知らずじゃないんですよ！」

俺の隣にいる褐色の肌をした女の子、ネールはもうこりごりという顔で言った。

紫色のロングヘアーを揺らすこのネールはサキュバスだ。

元々は北にいる魔王の部下なのだが、今は俺の従魔。魔王を呼び出すための人質でもあるが、なんいる。

だかんだ俺達と仲良くやってくれている。ネールも魔物だと人に悟られぬよう、翼や頭の角を隠している。

彼女には魔王と俺が会うまでは一緒にいてもらうことになっている。魔王とは前世俺が皇帝だった頃、帝国と不可侵の協定を結んでくれた相手だ。今世でも人間と争わぬよう説得をしたいと思っている。

「あー、もう足が棒みたい……」

ネールは足をさわさわと撫でながら言った。

この王都への旅の最初のほうでは、ネールは私は疲れませんと豪語していた。だがサキュバスは本来翼で移動するため、慣れない徒歩は思いのほか疲れるのかもしれない。

かく言う人間の俺も足がパンパン。回復魔法で癒しながら、この半月あまり歩き続けた。きっと長旅の疲れだろう。ここに来るまで、いくつかのトラブルに見舞われた。

この傷病人を乗せた馬車が襲われることはなかったが、ただ歩いているだけでもなかったのだ。

道中のファリアという街で俺達は争い合っていたオークとトレントを仲裁したり、北から押し寄せるアンデッドの大群を撃退したりと、色々なことがあった。

しかもそこで出会ったオークとトレント達は、かつての俺の従魔の子孫だったので、結果的には俺の従魔に加わってくれた。

オークの族長ベルナーとトレントの代表リアは、この馬車隊の先頭を行く王女ユリアとの間で、ファリア周辺の人間と魔物は争わないという一種の不戦協定も取り交わしてくれた。これは王国政府の許可を受けてない秘密条約だが、ファリア周辺では人間、オーク、トレントがそれぞれ争わないことになった。

「お二人とも、大丈夫ですか？」

歩調を合わせ心配そうに声をかけてきたのは、短い青髪の女の子マリナだ。

ルーン同様、俺の従魔でスライム。ルーンが分裂して出来たスライムなので、ルーンのことを母と思っている。見た目はルーン同様十五歳の人間の少女なので、人前では呼び捨てで互いを呼び合っているが。

ルーンとマリナはスライムなので疲れるということを知らない。だから俺とネールと違い、この長旅でも平気な顔をしている。

ネールはげんなりとした顔で答える。

「これが大丈夫に見える？　あとでルディス様にマッサージしてもらわないともう動けないかもー」

「ネール！　ふざけたことを言わないでください！　マッサージをするのは私達ですよ！　ルディス君に！」

ルーンは前方から怒鳴り声を響かせた。

ネールは引き気味に呟く。

「こ、この距離で聞こえていたんだ……というか、ずっと畑ばかりだし、本当に着くのかなあ」

俺はそんなネールを励ますように言う。

「頑張れ、ネール。ユリアの話によれば、もうそろそろ王都が見えてくるはずだ」

「せめて温泉ぐらいあるといいんですけどねー」

ネールの言葉を聞いてマリナが俺に訊ねる。

「王都は……ザール火山という場所の上に立っているんですよね？」

「ああ。少なくとも千年前はそうだった。火山が近くにあれば温泉もあるはず」

俺が答えるとネールが嬉しそうに声を上げた。

「本当ですか⁉　やった！　王都着いたら、まずは温泉行きましょ！」

「まだ温泉があると決まったわけじゃ……」

マリナのその声が聞こえていないのか、ネールはるんるんと嬉しそうに歩みを早めていく。

「単純だな……まあそれはともかく本当に火山かどうか」

そもそも火山の上に何故首都が出来たのか？　どうやって噴火を抑えているのか？

この疑問が、ここに来る前拠点にしていたエルペンから、目の前の王都に行こうと思った理由だ。

そんな時、先を行くルーンと追いついたネールが立ち止まって「おお」と声を上げる。

俺も追いつくと、その理由が分かった。

「あれが……王都ヴェストシュタット」

目の前の光景に、俺も目を見張った。とてつもなく大きな山がこの目に飛び込んできたのだ。

視界に収まりきらない程の山裾が広がり、頂上が雲に届きそうなほど高い山……いや、正確には山とは微塵も感じさせないぐらいの建物が、山肌を埋め尽くすように密集していた。

都市の周囲は高い城壁で囲まれていた。ざっと計算して、成人男性の背丈の十倍の高さはあるだろ

うか。エルペンの城壁の倍以上もある高さだ。

「こんなものを人間が……」

馬車に乗る若い傷病人が感嘆の声を漏らした。

まだ王都を見たことがなかったのだろう。西部の都市はどこも小さいため、王都の大きさが信じられないのかもしれない。

一方の俺も、この高さの防壁を造る技術が気になった。

少なくとも、魔法を用いずには成し遂げられなかったはずだ。西部は人も少ないしエルペンの防壁を見るに築城技術も俺の時代からさほど変わってない。人力だけでは難しい。

かと言ってこの国の魔法はたいしたことがないし……いや、五百年前は違ったのかもしれないが。

防壁に使う石材は豊富にあるのは間違いない。もともとザール山は火山だったせいか、王都周辺にはごつごつとした岩場が多々見られた。

しかしここでエルペンに抱いた疑問が頭によぎる。どうして火山の上に街を作ったのかという疑問が。

ザール山はひっきりなしに噴火することで知られていた火山だったはず。そこに都市を建てるのだ。地盤など、地形や周囲の環境への下調べは入念に行うはず。火山として有名なザール山の上に作るのなら、ある程度安全と信じるに足る理由があったはず。

つまりは五百年前、この山はもう噴火しないと言える自信があったのだ。

王都周辺の土地を見るに、最近は噴火してないことは確実だ。背の高い木が生い茂る森が育っていた。それに先輩冒険者のエイリスのような王国の人達に噴火の歴史は伝えられていない。

しかしどうして噴火が止まったのだろうか……火山の溶岩が尽きたのだろうか。あるいは火を好む強力な魔物なら、溶岩を自在にコントロール出来るかもしれない。

立ち止まっていたルーンが言った。

「しかし、懐かしいですね。私が他の従魔と別れた後、この近くを通りました。その時は、あちこちから噴煙が上がっていて、火山灰に埋め尽くされたはげ山だったのですが……千年でこれほど変わるとは。人間もなかなかやりますねえ」

「ああ。でも実際はここに人間が住み始めて、まだ五百年。もっと短い時間でこの街を築いたことになる……世界中を旅していれば自分の知らない光景もあるかと思ったが、まさかこんなに早くそんな機会に恵まれるなんてな」

……これは探索が楽しみだな。

俺達は車列と共に王都へ向かい、巨人のものと見紛うほどの大きな正門をくぐる。

城壁同様、こちらも人間が作ったとは思えない大きさだ。上部を支えるアーチは帝国でもよく見られた構造だが、ここまで大きく仕上げるには相当な技術と労力を要しただろう。ここは西門で、北、東、南にもそれぞれ門が存在しているようだ。街の大きさからして門が四つなのは少ない気もするが、防衛のためにそうしているのかもしれない。

正門を抜けると、山頂へと真っすぐ伸びる大通りが目の前に映る。馬車が五台横並びになっても通れそうな車道と、歩行者用通路とに分けられている。それだけの広い通りなのに、人がごった返していた。

頂上に見える大きな建物は王宮だろうか、紫色の屋根と白壁の荘厳な建築が見えた。そこまで歩けば一時間はかかるかもしれないな。

だが、俺達はまず、正門付近にある馬車を停める広場へと向かった。

次々と馬車から降りる傷病人。ほとんどの人間が自力で歩けるまで回復している。これは道中、俺と従魔達でこっそり回復魔法をかけたからだろう。元々長旅の疲れを和らげるためだったが、もう完治に近い状態になっている。

もちろん、せっかく来たのに途中で治っていましたとなれば、ユリアも骨折り損となるだろう。だから、最終的な治療は簡単な薬での治療で完治するように調整している。

彼らが向かうのは、誰でも治療してくれるという神殿付属の病院だ。

貴族や民衆の寄付で運営されている病院で、似たような病院は俺の時代にも存在した。運営資金は決して潤沢ではないので、薬などは決して質の良いものではないが、回復魔法に関しては文句の付け所のない専門家達だ。うまく治療してくれるだろう。

そして俺達冒険者の護衛任務は、ここで終了となる。

艶のある白銀の髪の女性は俺達を前に一礼する。この女性こそ、ヴェストブルグ王国王女にして、今回の依頼主であるユリアだ。

「皆、今回の護衛任務、ありがとうございました。道中、本当に色々なことがありましたが……おかげで、誰一人欠けることなく、王都で治療を受けさせることが出来ます」

次に、恰幅のいい鎧の男が口を開く。ユリアの護衛隊長であるロストンだ。

「皆の労をねぎらうため報酬とは別に、今日は王都で評判の宿に泊まれるようにした！　それと、今夜はそこで豪華な料理と酒を用意してある！　宴会だ！　大浴場もあるぞ！」

その言葉に、付いてきた兵達は口笛を吹いたり、諸手を上げて喜んだ。彼らはエルペンの領主の兵士で、今回俺達冒険者と同様に馬車を護衛していた者達だ。

「やったぁ！　お風呂、お風呂！」

ネールも皆と声を揃えて嬉しそうだ。

しかし、風呂か。温泉ではないということだろうか。となると、噴火はやはり落ち着いているのだろうか。

最後にもう一度ユリアがありがとうと告げると、兵達は皆宿へ向かうのであった。

俺達もその後に続こうとするが、ユリアが少し待ってと呼び止めた。

「皆、今回は本当にありがとう。報酬も決して多くないのに、あなた達は私に協力してくれた」

その声に、赤みがかった黒髪の魔導服の女性、俺の先輩冒険者であるノールが応えた。

「私は特に何もしていません。一方でルディス達は、この旅で命の危険も顧みず殿や偵察を買って出てくれました。私の報酬は、どうかルディス達四人に……」

「いいえ、ノール。護衛はそもそも敵に攻撃をためらわせる目的もあるわ。報酬は自分で受け取るべきよ……でも、確かにルディス達がやってくれたことには、報いたい。あれを作ったのは良いけど……あれじゃ礼には」

何か用意してくれていたということだろうか。しかし俺達は報酬でこの依頼を受けたわけじゃない。

俺は首を横に振った。

「いえ、殿下。本当にお気持ちだけで結構です。私達はこれからも出来る限り、殿下を応援いたします」

自ら動いて民を救おうとするユリアに心を動かされ、俺は今回の依頼を受けた。当然俺達も人間の街で生きていくためにお金は必要だが、何かあればユリアを助けてあげたい。

ノールもうんうんと頷く。

「それに、私達は賢帝ルディスからすでに身に余るほど素晴らしいものをいただきました」

ノールの手には魔力に溢れる杖があった。賢帝ルディス……それを演じる俺によって改造された杖だ。アンデッドドラゴンを倒した報酬として、魔力を多く得られるよう、俺が改良した。

当然、俺とルーン達も何かをもらったということになっている。賢帝の俺が声を発していた時、今世の冒険者の俺も存在するように芝居を打った。俺はお守り、ルーン達はそれぞれの武器や防具に何らかの魔法の力を得たと、ユリア達には説明してある。

「……言われてみれば、私も賢帝ルディスのおかげで新しい仲間が出来たわ」

ユリアはそう言って自分の胸元に視線を落とした。

その鎧の間からもぞもぞと小さなドラゴンが顔を出す。

このドラゴンは、ファリアの北で倒したアンデッドのドラゴンが落とした卵……そこから孵ったブルードラゴンだ。ユリアは俺と同じ魔物を従える帝印でこのドラゴンの雛を従魔とした。

そう、俺とユリアは同じ帝印の持ち主なのだ。この国では王印と呼ばれているが、持つ人に何かしらの恩恵を与えるのは同じ。

だがユリアはこの王印では人の従僕が得られなかったようで、他の王族から無能の烙印を押され、呪われた子と忌み嫌われていた。

魔物を従える帝印なのだからそれは当然だが、本人はその真の力を知らず、賢帝ルディスに印の力を教わりこのブルードラゴンを従えるまでは従魔がいなかった。

ノールはドラゴンに微笑みながら訊ねる。

「すくすくと育っていますね。そういえば名前は？」

ユリアはドラゴンを撫でながら答える。

「ラーン、と名付けました」

「ラーン……賢帝ルディスの最初の従魔ルーンから取ったのですね！」

ノールは少し興奮気味に言った。

「さすがはノール、分かりますか。ルーンだと、そちらのルーンに悪いかなと思いまして」

ユリアが言うと、ルーンははにかむ。

「いやあ、いい名前じゃないですか！　賢帝ルディスの最初の従魔にして従魔一有能なルーン！　なんならルーンそのままでもよかったと思いますよ！」

ご満悦といった様子のルーンに、ユリアとノールは少し驚くような顔をした。二人の前では、ルーンはいつも比較的大人しいからだ。しかもこんなにだらしない顔は見せない。

だがノールはそんなことを怪しむこともなく、ふふっと笑って答える。

「ルーンは自分の名前の由来を知っていたのね。それなら、今夜はルディスとルーンについて、私と殿下と語りましょう」

「もちろんです！　賢帝ルディスとルーンについてなら、この大陸で誰よりも詳しいですので！」

それは自分のことだし一番分かっているだろうな。何年あったって語り終わらないだろう……不審がられないようにというよりは、引かれないようにほどほどにしてくれよ。

ユリアも愉快そうに頷く。

「ルディスに関しては私も負けないわよ……また後で宿で語り合いましょう。私は一度神殿に挨拶に行ってくるわ。ノールも……用があるから来てくれる？　あれ、今日渡したいの」

「そういうことでしたら、かしこまりました。そういえば、ルディス。ギルドはすぐそこにあるわ。この依頼の報酬を受け取ってきたら？」

俺がはいと答えると、ユリアとノールは「また後で」と傷病人が入る神殿へと向かった。

「よし。じゃあ俺達もギルドへ行くか」

俺達はユリアと離れた後、まずは王都の冒険者ギルドの様子を見に行くことにした。

ノールの言うように報酬をまず受け取りたい。今回のユリアの依頼はギルド経由なので、報酬はギルドで受け取るのだ。

ギルドは馬車の停留所の目と鼻の先にあった。西門のすぐ近くだから外との行き来も便利だな。

「うわあ、すごい人ですね……」

マリナは王都の冒険者ギルドに入ると、驚くように言った。

王都のギルドは、エルペンの数倍はあろう大きさだった。中にいる人の数も、それに比例して多い。中は賑やかで過密状態であると言っていいほどだ。昼のエルペンの大通りですら、ここまでの人だかりは見たことがない。

マリナがきょろきょろと周りを見渡して驚くのも無理はなかった。

ルーンがそれを見て言う。

「マリナ、お上りさんみたいに振る舞うのはやめてください。ルディス君に恥をかかせるつもりですか？　……ネールも落ち着きなさい」

ネールもまた周囲を見渡していた。その興味はもっぱら冒険者の男のみに向けられている。

「……うーん。これだけいても、ルディス様ほどの男はいないですねー」

「ネール、冒険者は荒くれ者が多い。誰かが聞いていたら変に絡まれるかもしれないぞ」

まあ、これだけの人込みと騒音だ。誰も聞きはしないだろうが。

しかし、見慣れぬ様式の服装や武具を身に着けている者が多いな。虹色の羽飾りを付けた兜や巨大な熊の毛皮など、エルペンでは全く見なかった装備だ。

ここ王都は大陸東部からの冒険者も多いのかもしれない。エルペンで出会ったノールも大陸東部から出てきて、ここで冒険者になったという。

遠くからも冒険者が集まるのも頷ける。ギルドにある掲示板には、ゆうに百は超える依頼書が貼り出されていた。

ルーンが掲示板を見上げ言う。

「依頼は……おお、大量ですね！」

「ああ。エルペンでは依頼書が三十枚とかだったもんな。依頼の内容は……」

「アンデッドの討伐……ばっかりですねえ。これはきっと例の」

ルーンの言わんとしているのは、北から押し寄せるアンデッド達の軍団のことだ。

「関係しているだろうな。どの討伐依頼も王都の北のほうばかりだ」

早速依頼を受けたいところだが……今日は報酬を受け取りに来ただけ。それにこの分なら、しばらくは仕事に困らないだろう。

受付に挨拶をして報酬を受け取ると、ギルドを後にした。

今日の宿はもう決まっているし、後は帰って宴会に参加するだけだ。

王都の道には、外装の凝った商店が軒を連ねていた。マリナやネールのみならず、ルーンも服飾店の陳列窓に目を奪われている。

「これ、可愛いですね……ネールさんはどう思います？」

「マリナ。なかなか、良いセンスしてるじゃん。でも、こっちのフリルが付いたものの方が、マリナには似合うかな」

「やはりサキュバスは下品なのが好きですね……いいですか？　ルディス様はこういう落ち着いた色とデザインが」

ルーン達はこぞって下着を見ている。

「はあ……俺は向かいの道具屋と本屋を見ているぞ」

俺はその場から逃げるように、向かいの店に向かった。

ルーン達にはお小遣いとしていくらかお金を渡してある。ルーン達にはよく働いてもらっているわけだし給料のようなものだ。こんなに商店があるわけだし、好きなものを買わせるのも良いだろう。

一方の俺は、明日からの冒険に必要なものを買い込む。

殆どは地図のようなものだ。人に渡すための薬なんかも買っておく。

そして本屋では、この王都に関しての情報を得られるような本を立ち読みすることにした。

流石に火山がどうこうについてのものはないな……

それなりに広いお店で、エルペンの図書館を凌ぐ量の本が棚には並べられていたが学術書の類は少ない。殆どが流行りの服飾や料理のものばかりだ。

このヴェストブルク王国の文字だけでなく、見慣れない文字が書かれた表紙もある。なので品ぞろえは多いほうなのだろう。

他の店を見るのもいいが、王都の図書館に入るのもいいかもしれないな。ノールあたりに頼んでみようか。

ノールはエルペン魔法大学の卒業生なので、王立の図書館には無償で入れる。付き人もだ。

何かノールからも意見が聞けるかもしれないし、早速明日頼んでみよう。

そんなことを思いつつ店を後にしようとすると、ある本の表紙が目に留まった。

「これは……」

ある男が天に向かって跪く表紙の本。見出しには、エルペンの領主の懺悔と告白、とあった。

エルペンの領主は元々重税を取ることで民衆からは嫌われていた。だが以前エルペンに吸血鬼達が襲来した際、俺は賢帝ルディスとしてその領主とユリアを助ける機会があった。

そこで俺はユリアの民衆に対する治療活動を褒める一方、領主には良き指導者となるよう更生を誓わせたのだった。

少し中を読んでみると、どうすれば適正な税金になるか民衆の代表を集めて会議したとある。それは領主がユリアの提案を受け入れてそうしたとあった。

昔の領主なら小娘の意見などと一蹴しただろうが、本当に更生したということだな。俺としては半信半疑だったが、税が公正なものになるのは民衆のためにもひいては領主自身のためになると思う。

それに俺にも恩恵がある。俺が今世生まれた農村は辺境だが、エルペンの領主に税を納めているらしい。家族の生活が少しは楽になっているはずだ。

後で俺も王都の銀行のお金を預けて、故郷にお金を送ってもらうとしよう……ってこれは。

同じ頁には、そのエルペンで活躍した冒険者について記述があった。そこには「上級冒険者を凌ぐゴブリン討伐数！　エルク村出身の若き冒険者達の活躍」とある。

エルク村出身は俺達しかいない。つまり、ここでいう若き冒険者とは俺達のことだ。

期待の新人で、他の冒険者は彼らを見習うようにともあった。併記する形で、最近の冒険者はたるんでいるとか。王国の検閲を経ているだろうし、冒険者にもっと働いてほしいというのが王国上層部の意向なのだろう。

王国に利用されたのは癪だが少なからぬ人達に評価されていることは素直に喜ぶとしよう。

それと吸血鬼達のことも気になる。エルペンで暴れていた吸血鬼達の一部を、俺は従魔とした。彼らの長は俺の皇帝時代の従魔アーロンであった。

そのアーロンと話がしたいと、彼らには伝え帰したのだが、いつ戻ってくるだろうか。

従魔になると、遠く離れた場所でも主人の居場所が分かるようになる。吸血鬼達はアーロンから何かしら返答を携えて戻ってきてくれるはずだ。

吸血鬼達は北へと向かった。アンデッドの軍団も北から来ている。

何かしら軍団に関しての情報も得られるかもしれない。そうでなくとも、アーロンとは協力関係を模索したい。

だが、今は王都に迫るアンデッドを何とかしなければ。

俺は書店を出ると、ルーン達を探すことにした。

するとすぐ近くの広場の噴水の縁石に腰を下ろし、談笑するルーン達が見えた。その足元には女の子が三人で持ち切れるとは思えないほどの量の紙袋が置いてあった。

「随分買ったな……」

そんなことを呟きながら俺はルーン達に向かった。

だが、そんな時ルーン達の前に男達が取り囲むようにして現れる。男達は皆、げすい笑い声を上げる。

「やあ、姉ちゃん達、冒険者？　下着を買ったんなら、俺達と遊ばねえか？」

ニヤニヤと笑うその男は、薄汚れたシャツとズボンを着て、短刀を佩いている。見かけで判断してはいけないだろうが、言動も相まって賊のような雰囲気だ。

仲間の男は五人。皆、ルーン達を囲み、鼻の下を伸ばしている。

大都市ともなれば、こういう連中も珍しくない。かつての帝国でもこういう者達を目にしたが、古今東西変わらない光景に呆れもするし、変な安心感も覚えてしまう。

いや声を掛けられる者からすれば不快なことなのだが。

俺が介入する前に、ルーンはすぐ不快そうに手を振った。

「しっしっ！　ナンパなら他を当たってください」

「そう言うなって、嬢ちゃん……俺達こう見えて、結構〝紳士〟なんだぜ」

リーダーっぽい男の声に、周りの者達は馬鹿笑いする。

「ふう……このルーンともあろう者が……なめられたものですね」

ルーンは溜息を吐いて呆れたような顔をする。

男達は「何か言ったか」とゲラゲラ笑う。

このままではまずい……ルーンの性格からして男達を半殺しにしかねない。

男達がどっかの大きな組織の構成員だったら、仲間に目を付けられ厄介なことに……止めよう。

俺は仕方なくルーン達の方に向かうが、ネールが一人で男達の前に歩み出た。

「へえー！　お兄さん達、本当に遊んでくれるの？」

「へ？　何だぁ、お前は俺達と遊びたいのか？」

「うん！　ぜひ、皆と遊びたいなあって！」

「ま、まじか？　分かった！　とにかく隠れ家に……」

ネールは自ら男の手を取る。

「そんな面倒なこと言ってないでさ、そこの路地行こう？　さっ、早く」

ネールはリーダーの手を引いて、他の男達も付いてくるよう促した。

俺はそれを呼び止める。

このままではネールが……男達を骨と皮だけにしてしまうだろう。

「ね、ネール！　手荒な真似は」

「大丈夫です、ルディス様！　死なせない程度に、食べてくるだけですから！　もちろん、ルディス様以外の男の前で裸になったりしませんよ！」

男達はそれを聞いてにやにやと笑う。

もちろん、ネールの身は何も心配していないが……というか心配なのは男達なのだ。

ルーンは任せておきましょうと、マリナと新たな下着を物色するのに戻った。一方のネールは路地に男達を手早く連れ込む。

すぐに路地から、悲鳴に近い声が聞こえた。ネールのではなく、男達のものだ。路地裏に入ってその間、僅か一分。

「ああ、食った、食った！」

ネールは路地裏から、何事もなかったように出てくる。それどころか先ほどよりも調子がよさそうだ。もう歩けないと弱音を吐いていたのが嘘みたいに。

これは男達の生気を吸収したのだろう。サキュバスは人間の男の生気を吸収することを、生きがいとしている。方法は様々だが、手で触れただけでもその生気とやらは吸収出来るようだ。

男達は今頃……歩くこともままならないほど衰弱しきっているだろう。時間が経てば徐々に戻ると思うが。

すぐにネールは鼻息交じりに、ルーン達のもとに戻るのであった。

それから買い物を済ませた俺達は夕方になり、宿へと向かった。

宿は王都の大通りにある五階建ての立派な建物だった。入口の受付で名前を名乗ると宿の主人に大きな広間に案内された。大広間にはテーブルの上に豪勢な食事が所狭しと並んでおり、エルペンの衛兵達がそれを囲んで座っていた。

食卓の上は肉やパンだけでなく、海老やカニなどの海の幸も見られた。ここは大陸の中央で海から遠く離れているから海産物は手に入れにくいはずだ。やはり大都市なだけある。

俺達が席に着きユリアがお礼の言葉を述べると宴会が始まった。

「それにしても、随分買い込んじゃいましたね……」

マリナは少し申し訳なさそうに席の横の小洒落た袋を見た。恐らく衣服や装身具でぱんぱんなのだろう。

「マリナ、これもルディス様を喜ばせるための投資……無駄にしないためにも、より一層ルディス様のために尽くすのです」

もっともらしいことを言うルーンだが、彼女の後ろの袋はマリナの倍の大きさだ。

ルーンの言葉に罪悪感が薄れたのか、マリナは元気に応える。

「はい！　私頑張ります！」

そこにネールが呟く。

「マリナは本当健気ねー。こういうのは女の子の特権だから、気にしなくて良いのに」

「……女の子？　え、ああ、そうですね！」

とまあ、マリナ達はもう人間の女の子のように振る舞い始めている。

それぞれが何かしらに興味を持つのは良いことだと思うのだが、夜のことを考えると少し複雑だ。

この宿はエルペンと比べると大きいし、あとでこっそり管理人に自分だけ部屋を変えてもらうよう頼もう。

「というよりここのごはん、めちゃめちゃ美味しくないですか!?」

ネールは宴会の飯をがつがつと口に運びながら言った。

給仕の男性はそんなネールに笑顔で肉のおかわりを持ってくる。

「殿下を手伝ってくれたんだって？　今日はうんと食べてくれよな」

「おお、こんなに！　おじさん太っ腹！」

遠慮なくおかわりにがっつくネールを横目に、ルーンが男性に言う。

「大丈夫なんですか？　その……ユリア殿下のお財布事情と言いますか」

「それなら心配いらねえよ。ここの食材は王都中からの寄付なんだ。皆ユリア殿下を慕っているからな……ああ、あんな方が王になってくれると良いんだけどねえ」

　そう呟く男性の袖を、同じく食事を運ぶ女性が引っ張る。

「あ、今のは聞かなかったことにしてくれな」

　男性は少しまずそうな顔をして去っていった。

　他の王族と比べ、自ら民衆のために動くユリアはやはり変わっているようだ。それゆえに慕われているのだろうが。

　この宴会の食事の量は結構なものだし、どれも上等な食材が使われていた。食卓の葡萄酒の種類も豊富だ。ユリアがどれだけ慕われているか見て取れる。

　そんなことを観察しながら思っていると、後ろから声が響く。

「……ルディス、食べないの？」

「もしかして疲れているのかしら？」

　俺の顔を覗き込むように、ユリアとノールが訊ねてきた。

「殿下、ノールさん！　だ、大丈夫です！」

　皆が楽しく騒いでいる中で俺が難しい顔をしていたのを、ユリアとノールは心配してくれたようだ。

　ユリアは少しホッとした様子で言う。

「そう、それなら良いのだけど……何も食べないし飲まないから、疲れているのかと思って」

　俺は隣の椅子を引いて、ユリアとノールに座るよう促す。

「お二人こそ、お疲れでしょう。さあ、一緒に飲みましょう！　俺達は酒はまだ飲めませんが……」

ユリアとノールは「ありがとう」と、俺の隣の椅子に座った。

「そういえば、お二人とも。先ほどはお二人で何を？」

「え？　え、ええっと……」

二人は目を合わせ、恥ずかしそうな顔をした。

聞いてはいけないことだったかな。すぐに謝る。

「ごめんなさい。変なことを聞いて」

俺は謝ったが二人は首を横に振った。

「いえ、ルディス。ただ……ちょっと恥ずかしくてね」

ユリアはノールと頷き合うと、包みを俺に渡した。

「……これは？」

「さっきも言ったでしょ。数日前からルディスには特別にお礼がしたくてノールと相談していたの。それで一緒に編んでいて、さっき完成させたの。ルーン達にも用意したけど……開けてみて」

「はい……おおっ」

包みの中には畳まれた布が入っていた。広げてみると、黒いマフラーだった。

「ここらへんは大陸中央の山脈に近いこともあって夜は冷えるから。きっと喜ぶだろってノールが」

ユリアは俺から視線を逸らしながら言った。

まさか手作りの贈り物とは。前世ではよく従魔も何かを作って俺に贈り物をしてくれたが、本当に嬉しいものだ。確かに王都に近づくにつれ、夜は寒さを感じていたところだ。

「……嬉しいです、殿下。ありがとうございます。ノールさんも」

俺は早速それを首に巻いてみた。

ユリアとノールは「似合っている」と嬉しそうに顔を合わせる。

「気にしないで。それと、そのマフラーの裏側を見て」

ノールの声に俺はマフラーを裏返す。

「裏側ですか……あっ」

マフラーの裏側には俺の名前が記されていた。わざわざ名前を刺繍してくれたのか。身を気遣ってくれるだけでも嬉しいのに、こんなことまで。

「……二人とも本当にありがとうございます。まさか……」

「気に入ってくれた？　賢帝の名が入っているのよ。ほら、透かして見ると賢帝のフルネームが！」

やっぱりそっちのルディスか……

ルーン達にも同じマフラーが配られた。俺の名が入っていることを三人は喜んでいたが、俺は前世の長々しい名前を唱えられて、恥ずかしいだけだ。

そんな恥ずかしさを紛らわすように、俺はノールに真面目なことを訊ねる。

「そういえば、ノールさん。このような物を頂いたばかりで恐縮ですが、一つお願いが」

「お願い？　私に出来ることならなんでもするわよ」

ノールがそう言い終わると、ルーンとネールがにやにやとした顔を向けてくる。マリナとユリアは少し恥じらうように見ていた。

……俺がノールに交際を申し込むとでも思っているのだろうか？

「実は、王都の図書館に行ってみたいんです。エルペンより大きいでしょうし」

「そんなことだったらいつでも歓迎よ。明日にでも行ってみる？」

「ええ、ぜひお願いします」

「了解。しかし本当に勉強熱心ね、ルディスは」

ノールが言うと、ユリアが口を挟んでくる。

「る、ルディスは何の本を探してるのかしら？　もし良かったら、私が一緒に探してあげるわよ。王都の図書館は詳しいし」

すかさずノールが言葉を返す。

「いいえ、殿下。王都の図書館は私も全体を把握しています。私に任せて、殿下はご自身のために時間を」

「ふ、二人のほうが早いわよ。そ、それに私も明日図書館に用があるから」

ユリアの声に、ノールとルーン達が本当か、という疑いの目を向ける。

「な、何かしら？　私は本当に王都にいる日は毎日王都の図書館に足を運ぶぐらいよ」

少し不満そうに言うユリアに、俺も口を開く。

「ま、まあまあ。私としてはとても大変ありがたいお話です。殿下にご案内いただけるのですから」

ノールも頷く。

「……まあ、ユリア殿下が王都の図書館に詳しいことは本当よ。私も行くたびにお姿を拝見していたし。それに、殿下が本の虫ということも王国では有名よ」

褒め言葉ではないが、ユリアはそうよとでも言いたげな、自信に満ち溢れた顔をする。

ともかく、翌日、ユリアとノールが王都の図書館を案内してくれることになるのだった。

その後も宴会は盛り上がり、俺達はそれぞれの部屋に戻ることにした。

「ねえ、ルディス様！　この宿、おっきなお風呂があるみたいですよ！　早く入りましょうよ！」

部屋に戻って荷物を整理していると、ネールが俺にそう声をかけてきた。

そういえばそんなことをロストンが言っていた。

「長旅だったからな。ゆっくりと浸かってくると良い。しばらくしたらまた忙しい日が続くからな。俺は後で入るよ」

俺がそう返すと、ネールが頬をぷくっと膨らませる。

「ええっ！　ルディス様も一緒に入りましょうよ！」

「ネール……ここは従魔の里の温泉と違う。男と女で入れる場所は分かれている」

「そこは魔法でちゃちゃっと！」

「俺達の他に宿泊者だっているんだ。一緒に旅をした護衛やエルペンの衛兵だって疲れている。俺達の都合だけでどうこうするのは駄目だ」

「むむ……確かにそうですけど」

残念そうに応えるネールにルーンが言う。

「ルディス様を困らせるんじゃありません。私達はさっさと汚れを落としますよ。まずはあなたとマリナで行ってきなさい。交代で行きますよ」

その言葉に、ネールは一瞬はっとした顔をした。そしてすぐ元気な顔で応える。

「はーい！　じゃあ、マリナと行ってきます！」

「い、行ってきます！」

マリナも一緒にネールは部屋を出ていった。俺はいってらっしゃいと応えると、荷下ろしに戻る。

するとやはりというか、しばらくして何者かが後ろから抱き着いてきた。

「ルディス様！　いやあ、ようやく二人になれましたね！」

「まあここ最近はずっと、集団生活だったからな」

素っ気なく返す俺に、ルーンは不満の声を漏らす。

「もう、ルディス様！　こっちを見てくださいよ！　せっかくルディス様のために色々服を見繕ってきたのに！」

ルーンにとって人間の男女の性差なんてどうでもいいことだ。ただ俺が男で、ルーンは俺がどうしたら喜ぶのかその一心だけを考え生きている。俺が女だったら、ルーンは逞しい男に化けて俺の供をしただろう。

俺は綺麗だよ、と一言返す。

ルーンはそれで延々と不満を口にすると思った。

だが今日は少し寂しそうに言う。

「ルディス様……ご迷惑ですか？」

「そんなことはない……だが、ルーンにはもう色々助けられている。こういう時間ぐらい、自由に過ごしたらどうだ？」

「自由な時間なら、もうたっぷりいただきました！　千年……ルディス様のために何もすることがない、色のない千年を」

その言葉に俺は生前のことを思い出す。

俺は自分の死後、皆に自由に生きてほしいと願った。仕事を引退した老後、自由に生きることを理想とする人間のように。

でもそれは、悠久の時を生きる魔物にとってはとても理想と呼べるものではなかったのかもしれない。従魔達の中には、生きる理由を見いだせない者もいたはずだ。

帝国を影から守れ、あるいは俺の死後に何か別の目的を彼らに与えていれば……従魔達の集まりであるマスティマ騎士団は今も一つだったのだろうか。

俺も帝印を持って生まれなければ、自分が皇子として生まれなければ、自分の生きる道が定まらなかったかもしれない。

従魔達の中には、俺の声が欲しかった者もいただろう。

気が付けば俺の手は止まっていた。

「る、ルディス様？　ご、ごめんなさい。私は別にルディス様のことを」

ルーンはすぐに変身を解き、スライムの姿で俺の前に躍り出た。

「いや、ルーン……ちょっと考えさせられただけだ。もしも……もしもの話だが、ルーン。お前は皇帝の時の俺が死後も帝国を守ってくれと言ったら、帝国を守ってくれたか？」

　そう問うと、ルーンは意外にも少し悩むような仕草をみせた。

「……難しいお話ですね。私は守ろうと……したと思います。でも、ずっとそう出来たかというと、疑わしいです」

　ルーンはさらに続ける。

「他の従魔もそうです。守る価値がないと断じれば、率直に申し上げてその言葉を反故にしたかもしれません」

　俺の死後の帝国人が、従魔達にとって醜く映れば俺の約束でさえも破っただろうということか。

「ルディス様がずっと仰っていたからです……従魔になっても、自分で考え行動をすることを止めないようにと」

　そうだ。俺は従魔達に自分で考え、俺の言葉であっても疑うように言ってきた。

「そう考えると、ルディス様は最後まで一貫されていたのですね。私は、ルディス様の言葉を、聞いているようで聞いてなかったのかもしれません……」

「いいや、ルーン。自由に生きるほど難しいこともない。何か目的があるからこそ、頭も体も動くんだ」

「ええ、本当に。私は……ルディス様、人間の感情は分かりませんが、一つだけ確実な願いがあります。ルディス様とずっと一緒にいること。人間の一生が短いことは知っています。でも、だからこそ一秒でも多く、ルディス様のお傍にいさせてください」

そう言ってルーンが足にすり寄ってきたので、俺はそのまま抱きかかえてやる。

「もちろんだ。俺にも願いがあってな。ルーンや他の従魔達が、俺の死後も何か目的が得られるようにしたいと思っている。今は里の発展がそれだ」

「もっと大きくしましょう！　フィオーレやエライア、生きている従魔は皆そこに集まってもらいます」

「俺の口からは言いづらいが……」

「そこはこのルーンにお任せください！」

「ありがとう、ルーン」

とはいえ、俺の口からまずは従魔達と色々話すべきだ。

生存が確認されたフィオーレ、アーロン、エライアに関しては近いうちに話せるように計画を練るとしよう。

そんなことを思っているとルーンがいつの間にか飛び降りて、俺の前に布を何枚か運んでいることに気が付く。

そして光が発せられたと思うと、金色の髪の美少女が白いキャミソールを着て立っていた。

「もう一つお願いがあります！　私、ルディス様のお子様を見てみたいのです！　というより前世も、ルディス様が子供を残していれば、色々違ったのに！」

「悪いが、ルーン。俺とお前がいくら頑張っても……」

「練習です、練習！　それにこれから魔法を研究していけば、人間と魔物の子だって……」

「む、無理だろう。ともかく、落ち着け」

俺が言うと、すぐに扉がばんと開く。

「そうですよ！　ここまでのことは聞いてないですよ、先輩！」

「ママだけ許しません！」

ネールとマリナもそう言って、服をばさっと脱ぎ捨てる。すると、先程買ったであろう際どい下着をつけていた。

「ふ、二人とも見ていたのか？」

「盗み見してたんですか!?　長幼の序もわきまえず、私の邪魔をしようなど！」

ルーン達はそのまま下着姿で喧嘩を始めた。

俺はその隙を突いて、魔法でひっそり部屋を抜け出すとお風呂に向かった。

「はあ……一人の時間も必要だよな」

俺は体を洗いながらそんな言葉を漏らした。

この宿のお風呂は露天風呂のようだ。岩場のくぼみが浴槽となった、広い浴場。二十人ははいれるのではないかという広さはある。

「しかし、露天風呂か。帝国人も驚きだな」

お湯は温かいが、そこまで熱くもない。温泉のような匂いはしないので、本当にこの下はもう火山ではないのかもしれない。

今のところは誰もいないな……伸び伸び出来そうだ。

俺はゆっくりお湯に浸かり、目を閉じた。

久々の温かい風呂……体の疲れが取れるな。

旅の途中、自身にも回復魔法をかけたりするので、疲れは取れていたのだろう。

だけどこうして風呂に入ると、心もさっぱりする。

そんなふうに思っていると、突如声が響いた。

「おお、ルディス！　温まっているか？」

「ロストンさん！　ええ。とてもいい湯加減ですよ」

ロストンは体を洗いながらしゃべり続ける。

「いやあ、お前のおかげで今回は本当に助かった。聖獣が逃げるよう言った時や、ファリアの北の偵察や、お前達がいなければ本当に困っていたぞ」

「俺達はそんな。それよりもいまだに信じられません……聖獣やら賢帝やら……あの協定のことも。夢でも見てたんじゃないかって」

「俺も信じられんよ。でも、殿下はこの旅のおかげで、以前より自信に満ち溢れた顔をするようになった。本当に変わられたよ」

ざあっと体を桶のお湯で流すと、ロストンは俺の隣にやってくる。

「殿下が、ですか？」

「ああ。俺は殿下がずっと小さい時から護衛をしている。昔の殿下は素っ気ない感じだったが、今はだいぶ明るい顔にもなった。特にエルペンでお前と会ってからの殿下は、本当に成長なされたと思う」

「俺達は何も。もともと殿下は強い方でしょうし」

「それは否定しないがな……なあ、ルディス」

ロストンは急に真面目な口調になる。

「なんでしょう、ロストンさん？」

「冒険者という仕事が魅力的なのは俺も知っている。俺も昔は憧れたからな。だがルディスよ。殿下に仕える気はないか？　お前と仲間達は頼りになるだけでなく、なんというか……不思議な魅力がある」

「ロストンさん……」

「殿下はきっと、俺の思いもよらないようなことを成し遂げられる方だ。だが、俺と護衛の面々だけではどうにも力不足。だから、頼りになって信頼出来る仲間が欲しい」

「ありがとうございます、ロストンさん……俺達はこれからも殿下のお力になりたいです。ですが、それは冒険者として」

「そうか……」

俺は冒険者として世界をめぐりたい。少なくとも今生存が分かっている従魔達とは再会したい。今ここでユリアの近くに身を置いてしまうと、それが難しくなる。

あまり権力者に与したくないのも本音だ。もちろん、ユリアは力を貸したくなる魅力的な人物だと思っているが。

だからこそ、今は協力関係に留めておきたいのだ。

「まあ、それを聞いて安心した。これからも殿下のお力になってくれ」

「もちろんです。王国にいる限りは、いつでもお助けいたします」

「本当に誠実な奴だな……そうだ。お前、好きな娘はいるのか？」

「え？　い、いきなり何を？」

ロストンはにやりと俺を見る。

「あれだけ美女に囲まれているんだ。いるだろう？　それに殿下に力を貸したいのだって……」

「で、殿下は確かにお綺麗ですが、お、俺なんかが想って良い方では！　それに俺は殿下の行いに惹かれて……えっ」

柵の向こうで、じゃばんという音が響いた気がした。

ロストンがくすりと笑う。

「ああ。殿下も向こうで入られているんだ」

「さ、先に言ってくださいよ！　さっきから俺、なんて失礼なことを……」

俺はそう言うが、ロストンはがははと豪快に笑う。

「いやいや、俺は殿下に命令されたんだよ。ルディスが風呂入るから、思い人がいるか聞いて来いって」

「ロストン！　わ、私はそんなこと言ってないでしょ！　る、ルディス！　仲間になってほしかったのは本当ですが、別にあなたの異性の好みなんて」

「ああ、そうそう。殿下は俺に、ルディスの異性の好みを聞いて来いって言われたんだ」

「ろ、ロストン！」

ユリアの声が響く。こっちは俺とロストンだけだが、向こうは大丈夫なのだろうか……

ロストンは呟く。

「まあまあ、今日は無礼講じゃないですか。それにルディスには悪いですが、殿下はもったいない。だからルディス……俺の娘とちょっと会ってみないか？」

「ロストン！　やめなさい！」

「どんな権限で、殿下が俺の娘のことに口出すんです？」

「そ、それは……」

言い淀むユリアに代わって俺が答える。

「娘さんが怒りますって。そんなこと勝手に決めたら」

「そうよ！　娘さんが怒るわ！」

「とかいって、本当は殿下、ルディスを……うわっ!?」

ロストンは突如現れたラーンによって、腕を引っ張られる。ラーンの腕は小さいが、そこは小さくてもドラゴン。大男のロストンでさえも簡単に浴槽から引きずり出す。

「ちょ、ちょっと、殿下」

「ルディスの休息の邪魔はしないで。あなたは私の説教の後、また入りなさい」

「そ、そんなあ。まあ、とにかくルディス！　少し落ち着いたら！」

ロストンはそんな言葉を残して、浴場を後にした。

すると、ユリアが静かに語り掛けてきた。

「ごめんなさいね、ルディス……変なことを」

ユリアは声を震わせる。

「それに、本当なら自分で聞くべきだったのに……」

「殿下……お気になさらないでください。俺達は本当に殿下のお力になりたいのです。ですが……しばらくはやりたいこと……いいえ、やらなければいけないことがあります。それには十年、二十年かかるかもしれません」

だから、と俺は続ける。

「どうか、殿下のお力にもなりつつ、それをやらせていただけないでしょうか？」

すると、すぐにユリアの気丈な声が返ってきた。

「ルディス、ありがとう。本当にそれだけでも嬉しいわ。これからも、どうかよろしくね」

「はい。こちらこそお願いいたします。それに、明日の図書館の件も」

「ええ。ずっとあなたには世話になりっぱなしだからね。明日はしっかり案内するわ」

俺とユリアはまた明日と別れると、浴場を後にした。

その後部屋に戻ると、疲れ果てたルーン達を尻目に俺はふかふかのベッドで眠るのだった。

翌朝、俺達は宿の部屋を出て、食堂に向かう。今日は図書館に行くだけなので、ルーン達は鎧などは着こんでいない。

食堂に降りると、すでにノールとユリアがテーブルを囲んでいた。ノールは手を上げて俺達に挨拶する。

「おはよう、ルディス」

「おはようございます、二人とも。今日はよろしくお願いします」

俺がテーブルに着くとユリアが言った。

「王都の図書館は王宮近くだから、ここからだと少し遠いわ。しっかりご飯は食べておいたほうがいいわよ」

「だいたい四十分はかかりますからね……」

ノールも補足するように呟いた。

王都は広大で急勾配の山の上に築かれている。上り下りするだけでも結構な時間がかかるようだ。

防衛のためだけを考えると、確かに守るに適した場所だとは思う。とはいえ、やはりどうやってこれだけの大都市を築けたのかは疑問が残るが。

それもこの王都の下が火山だったことを調べていけば、解き明かすことが出来るはずだ。

俺達は食事を一緒に取ってから、宿を出た。

坂を上る中、ユリアが言う。

「どう？　なかなかの心臓破りの坂でしょう？」

「え、ええ。街の人も上がり下りが大変でしょうね」

俺は額の汗を拭って答えた。

「まあ、王都の外にまで用のある人達はだいたい、山の麓にあたる王都の外縁に住んでいるわ。上に住んでいるのは、貴族と豪商ばかりね。ある部分から上は、貴族じゃないと住めない決まりもあるぐらいだしね」

「なるほど……」

そんな場所に俺みたいな庶民が行っても大丈夫なのだろうかという疑問が残る。

それを察したのか、ユリアが俺を安心させるように言う。

「大丈夫よ。貴族だって庶民の従者や使用人を従わせているのだから。それに私達の方が色々浮いちゃうかもしれないわね」

ユリアは自分の肩に留まるブルードラゴンのラーンを撫でた。

すでにユリアがドラゴンを従僕にしたことは王都中に知れ渡っていた。

ドラゴンは魔物だが、力の象徴として東部の人間の国の一部では神のように崇敬を集めているため、国旗や家紋に使われたりもしている。俺の時代の帝国では、魔物の中では唯一好意的に見られる種族だった。

この王国にもその伝統は伝わっているのだろうか。エルペンでも王都でも街の看板にドラゴンの意匠が使われていたりするのを見た。そもそも実物のドラゴンを目にする機会なんてそうそうないのかもしれないので、あまり恐怖に感じられないのかもしれない。

だから先ほどからラーンには好機の目が向けられることはあれど、嫌悪されるような反応はなかった。ここはまだ庶民の住む場所だから、民衆のユリアへの評判が良いこともあるのかもしれないが。

これが、スライムやゴブリンであればどうなっていたか分からないな……

俺の前世、ルーンを初めて仲間にして帝都を歩いた際は民衆も貴族も俺達を軽蔑するような、恐れるような目を向けてきたものだ。あえて人の多くない時間を見計らったり、人気のない道を選んで歩いていた。

だがユリアは不安そうな顔をしている。昨日、王宮に戻ったはずだが、国王をはじめとする家族からの反応は決して良くなかったのかもしれない。

そんなユリアにノールが首を横に振る。

「周囲のことなど気にする必要はありません。殿下はすでに、他の王族の方とは違う道を歩んでおいでなのですから」

ノールの言う通り、ユリアは他の王族と違う。

ここに来るまで多くの王国の民衆を救ってきた。民衆のため、王国上層部には秘密でファリアの北で魔物と不可侵協定を結んだ人物でもある。

「ありがとう、ノール。そうね、堂々としないと」

ユリアは頷くと、ラーンに微笑んだ。

「……さて、そろそろ貴族街ね。ここまでくればあと数分よ」

その言葉通り、大通りに面した建物がより一層華美なものになってきた。柵で囲まれた広い庭など、贅沢に土地が使われた邸宅が多く見えてくる。

歩いている人達の服装にも違いが見えてくる。ここらの人は皆、レースの用いられたコートやドレスを着て、金銀宝石を用いた指輪やネックレスなどを身に着けている。

彼らはこちらに気が付くなり、深く頭を下げた。

皆、王族であるユリアに挨拶をしているのだ。

だがその顔は、先程の民衆達と違う。皆少し恐れるような、中には軽蔑するように見てくる者もいた。

ユリアは効果のない王印の持ち主だと、この国の王侯貴族から馬鹿にされていた。実際は俺と同じ魔物を従える帝印の持ち主だったわけだが、魔物を嫌う貴族や王族からすれば、むしろユリアを嫌いになった者もいるだろう。

しかしユリアは堂々と進んでいく。そしてある部分を指さし言った。

「あの塔……あの長細い塔が王都の図書館よ」

「おお、高い……」

マリナは天を仰ぎ、思わず声を漏らした。

ユリアが指さしたのは円筒型の高い塔だった。

この王都でも各所で鐘楼は見られる。鐘楼は人々に時間や危機を報せる鐘を最上階に設置した塔のことだ。街によっては見張り台を兼ねていることも多く、通常は他の家々よりも高くなるよう建てられる。

それでも、一階建ての小屋が縦に五、六戸重なったような高さが普通だ。

でも、目の前の塔はその二倍はあろう高さだった。麓のほうからも見えたが、頂上にある建物だと思っていた。

しかも高いだけでなく広そうだ。直径だけ見ると、端から端へ歩くまで三分はかかりそうか。

それを見たルーンがこんなことを言った。

「なんというか、他の王都の建物と様式が違って見えますね。というより、ちょっと老朽化しているというか……」

ルーンの言う通り、塔は全体的に白かった。大理石が使われているのだろうか。

また、塔の外壁にはところどころ崩れているのが見えた。しかもツタがびっしりと生えている場所もある。

歩きながらユリアが説明してくれた。

「そうね。この王都で最も古い人工物は、城壁とこの塔、あと私達の足元にもある石畳と言われているわ。だから王都の中でも古く、様式が違う」

それを補足するようにノールが口を開く。

「この大陸西部では珍しいけど、東部では割と多く見る帝国様式よ。旧帝国領では多いわね。やはりどれも老朽化が進んでいるけど。中には塔が半分倒壊していたりね。だからこの王都のは、まだ新しく見えるわ」

ノールの言った帝国様式というのは間違っていないだろう。大理石を多用する建築は、俺の帝国時代よく見られた建築だ。

とすると、この塔はその帝国様式を模して造られたというわけか。

しかし、色々と妙な話だな。

俺は足元の石畳を見て、首を傾げる。

この王都の城壁からしてそうだったが、子供が大の字になって寝れるような広さが一辺の岩が、高く積み上げられている。俺達が歩いてきた石畳も同じ大きさだ。

またあの図書館も結構な高さである。高度な建築技術と建材の加工術が使われていたことが窺えるし、それを支える労働力も相当なものだっただろう。

それだけのものを、しかも山の上に築いていくとは、建国間もない国が出来る芸当だろうか？

それに加え、ここが火山だったと知っていれば、地震が起こることも織り込み済みだったはず。

これだけの建築技術を用いた者達が、地盤を調べないなんてことはあり得ない。

本当にちぐはぐな街だなと思いつつ、俺は図書館に進むユリアの後を追った。

図書館入口の受付はユリアの顔を見て頭を下げるだけで、俺達が入っていくのに何も言わなかった。

中に入ると、日光が差し込むほうを思わず見上げてしまう。

塔の中央部は大きな吹き抜けとなっており、一階以外の各階層は外壁に沿って円形の歩廊が設けられていた。天井に至るまで、壁はすべてが本棚となっている。これだけの大きさ、蔵書はどれほどだろうか。

上の階層に行くには、各階層の歩廊の内側に設けられた螺旋階段を上がる必要があるようだ。

ユリアが俺に振り返る。

「ね、これじゃ誰か案内役がいたほうがいいでしょ？」

「え、ええ。これは確かに、探すのに手間がかかりそうです」

俺が答えると、ノールが言った。

「それで、何の本を探しているの？」

「王都と、その昔話についてです」

「王都関連……確か」

ノールが思い出すように呟くと、ユリアが呟く。

「最上階ね。結構歩くけど、大丈夫？」

「はい」

俺はそう言って、螺旋階段を上がることにした。

途中、ユリアに気になったことを訊ねる。

「歴史書はすべて最上階なのですか？」

「いえ、王都関連のだけよ。何せ量が多いから、まるまる一階層が王都のものなの」

「なるほど」

「それにしても、王都の本とはね……ルディス。あなた、この王都の昔話の何が調べたいの？」

「え、そ、それは。ただここまで大きな街が、こんな山の上に出来るなんて、と思いまして」

「何だか不自然ってこと？」

ユリアの言う通り、俺はこの王都が不自然なもののように思える。人間が作った街ならば、何か強力な魔法を用いなければ造れなかったはずだ。

そして火山の活動が止まったのも同じく、不思議に思えたのだ。

ユリアもまた、それを感じているのだろう。

普通の人間なら、自分の生まれた場所が不自然だとか疑問を持つことはないだろうが。

だから俺も不自然だとは表立って言えない。俺も農村出身で特に建築を学んだ男ではないのだから。

なんとなくそう思う、ぐらいに返そう。

「単純に、すごいなと思っただけです。きっと王都を築いた方々は、俺が知らないよう知識や魔法を持っていたのだろうと」

「その割には、今の王国はすごくないけどね」

ユリアはさらっと言った。

確かにこれだけの王都を築くのに用いた技術や魔法を、王国人は全く継承していない。それも疑問の一つである。そしてユリアも同じ疑問を持っていると。

身分や立場に差がなければ、そして俺が自分を偽る必要もなければ、すぐにでも疑問を共有したいぐらいだ……彼女はここの本に詳しいようだし、すぐに情報を得られるだろう。

そうこう話している内に俺達は最上階に着いた。正直に言うと、少し息切れした。

「はあ……結構な高さでしたね」

ネールも疲れたような顔をしている。翼があるのに使えないもどかしさを感じているようだ。

この高さのせいか、最上階には俺達以外誰もいなかった。

「誰もいませんね。まあ、こんなに高ければ仕方ないでしょうけど」

ルーンがぼそりと言った。

俺はそれにすぐに返す。

「こら、ルーン。王族や貴族の方々が造ってくださった塔だ。そんな言い方は」

ユリアの前で失礼だ、と俺は言いかけたが、ユリアも呟く。

「いや、本当に高く作りすぎでしょう。きっとここを作るよう命じたとされるこの国の初代の王――ヴィンターボルトはただおっきければいいって作らせたに違いないわ。単純に自分の権威を誇りたかっただけよ」

忌憚のない言葉に、俺とノールは呆気に取られる。

初代の王ともなれば、一族でも最も敬われるべき相手だ。その男をユリアは批判した。

「まあ、元々自分は使うつもりはなかったのでしょう。それで、王都の本だったわね」

ユリアはそのまま本棚から数冊、本を取ってきてくれた。

それをテーブルに置くと、俺に言う。

「きっとエルペンのは読んだんだろうって思って。初期の王都についてもっと詳しいものや、外国の人間が書き記したものも持って来たわ」

「ありがとうございます。早速読ませていただきますね」

俺はユリアに深く頭を下げると、その本を読むことにした。

一方のルーン達はと言うと、昔のルディスについて知りたいと、一階層下にノールに案内してもらっていた。

ユリアが選んだ本は、どれもエルペンの本よりも詳しかったり、あるいは外国人の目から見た王都など異なる視点からのものだった。

だが不思議なことに、どれもエルペンで読んだものが要約になるような内容でしかない。火山のことや、ヴィンターボルトについて客観的に見たものは何一つなかった。

そして所々、おかしな点が本には見受けられた。

意図的に文章を書き換えたり、削除している……これは魔法でやったのか。

墨で消したりすれば、俺も魔法で解読出来ただろう。だがこれは魔法で完全に変更前のものを消している。

ヴィンターボルトが検閲させたのだろうな……だがこれも建築同様、高度な魔法の知識がないと出来ないことだ。

そんな時、テーブルの向かい側に座るユリアが俺の顔を興味深そうに見ていることに気が付く。

「殿下、何か？」

「いえ、熱心だなって思って。しかも読むのが速い。相当読むのに慣れているのね」

「え？　え、ええ。俺の農村は小さくて、本を繰り返し読んでたので……」

「同じ本を？」

「は、はい」

俺はそう言って、また本に視線を落とした。

ユリアは勘がいい。俺が【浄化】の魔法を教えた時も、不自然に思われてしまっていた。なるべく農村出身のように振る舞わなければ。

だがユリアは構わず質問を続ける。

「そこ、気になったの？」

「え？　は、はい。ヴィンターボルト様が炎の魔法で魔物を倒した後、王都を築いたとあるのですがここらへんが、どれも詳しく書かれていないなと」

「そうね。どうやって王都が造られたか、全く書かれてない。ここの本は全部読んだし、東部の本もいくらか取り寄せたけど、全く記録されてないわ」

ユリアは続ける。

「それでさっきの話だけど、やっぱり不自然よね。この塔や城壁を作るすごい技術がありながら、誰もそれを伝えてないなんて」

「た、確かに。見ていた人がどう思ったかくらいはありそうですが」

「……気が付いていると思うけど、この国の本、特に王国建国時の本はヴィンターボルトによって都合のいいように書かれている。あるいは何かしら消しているわ」

「なるほど……」

ユリアも検閲に気が付いていたようだ。どの本も王都建設について抜けていることに気が付いたのだろう。

このユリアが言うぐらいだから、徹底しているのだろうな……何かしら王都について情報は得られるかと思ったが残念だ。

だがあるいは、このユリアに色々聞ければ王都についても分かる気がする。火山のことももしかすると……。

そんな時だった。ユリアは俺の後ろ側、螺旋階段側に目を向けていることに気が付く。

「あれは……」

俺が振り返ると、そこには若い男が三人いた。

皆、一際豪華な服装の男達だ。彼らはユリアを見つけると、こちらにずかずかとやってきた。

俺はすぐにその場で立って礼をする。

しかし男達はそんな俺に目もくれず、ユリアに怒り顔を向けた。

「ユリア！　お前、魔物を従えたというのは本当か？」

「はい、お兄様。この子です」

ユリアは全く怖気づくことなく答えた。

この男達はユリアの兄弟——つまりこの国の王子達か。

「皆が不安がっている！　ドラゴンなんて危険だ！」

「父上も困惑されていたぞ！　俺達が責任を持って捨ててくる！　渡せ！」

ユリアがドラゴンを得たことを快く思っていないのだろう。

彼らは魔物に対する嫌悪感以上に、無能と思われたユリアが魔物を従える力を持っており、強力な魔物として有名なドラゴンを配下にしたのが気に入らないのかもしれない。

ユリアはぶんぶんと首を横に振る。

「ラーンは私の従魔です。物ではないですし、どこにも行かせません」

そう言ってユリアは立ち上がる。

「ルディス。欲しかったら持っていきなさい。私が借りたことにするから」

俺だけさっさと下りていけということか。迷惑をかけたくないのだろう。

だが俺も見て見ぬふりは出来ない。

王子達はユリアに対し声を上げた。

「俺達の要求が聞けないのか!?　この出来損ないが！」

「まだ小さなドラゴンだ。ここで捕まえちまおう！」

そう言って一人の王子が剣を抜くと、他の王子も武器や杖を取り出した。

血の気の多い王子達だ……だが、ユリアには傷一つつけさせない。

俺はユリアの前に躍り出る。

「殿下、どうかおやめください。陛下のご許可もなく、こんなことは」

王族同士の争いなど許されることではない。彼らの先ほどの言葉からすると、ユリアの父であるこの国の王は、ユリアへの処分を口にしていないのだから。

そんな当たり障りのないことを言って、俺は仲裁しようとする。

もっとも、王子達からすれば庶民がでてきて癪だろうが。

「ああ、なんだお前は？　俺達に意見をするのか!?」

案の定、王子達は怒りを露にした。

「ふざけるな！」

一人の王子が剣を振り上げた。

だがその時、その男の腕に思いっきり体当たりする者が。

「いてえ⁉」

剣がからんと床に落ちるのと同時に、ブルードラゴンのラーンが俺の隣で滑空する。

「こ、こいつ！　俺達に攻撃しやがった⁉」

「攻撃しようとしたのは、お兄様達でしょ？　もし私の友人達を傷つけるというなら、容赦しません。次は炎で」

「く、くっ」

王子達はラーンが口中で赤い光を灯しているのを見て、怯えだす。

「お、覚えていろ！　このこと、父上に伝えるからな！」

そう言って、王子達は螺旋階段を駆け下りていった……のだが、三人とも途中で転んでしまい、階段を転がり落ちていく。

このままでは死ぬと思ったがどうも様子がおかしい。

俺は魔力の動きを見て察する。ルーンが【魔法壁】を彼らに展開しているようだ。風魔法で転ばせた上で、大きな怪我をしないように【魔法壁】をかけているのだろう。

つまり、懲らしめているというわけだ。

王子達は無事……というのも変だが、一階へと転がり落ちたようだ。途中で服が脱げたのか裂けたのか、半裸の者もいる。

王子達は他の貴族の視線の中、図書館を出ていくのだった。

ユリアはそんな王子達を見て、呆れるような顔をしていた。

「はあ……うちの家族はどうしてこうも」

溜息を吐くユリアだったが、すぐに俺に頭を下げた。

「ルディス、ありがとう。私を守ろうとしてくれて」

「いえ、俺こそ助けられました」

俺はラーンを見て言った。

俺がこの場にいなくても、ラーンがユリアを守ってくれただろう。さすがはドラゴンというべきか。

普通の人間ぐらいなら、十人は相手に出来るだろう。

ラーンは少し照れるように翼で頭を掻く。

ユリアはそんなラーンを抱き寄せ、頭を撫でた。

「ふふ、照れちゃって……賢帝から預かった子だもの。絶対に誰かに渡したりなんてしない」

ユリアはそう言って、力強くラーンを抱き寄せた。

「さて……とんだ邪魔が入ったわね。気にせず読んで。もっと持ってくるから」

「はい、お願いします！」

俺はこの後も王都についての本を読むのだった。

しかしやはり、王都と火山を結び付けるものは見つからなかった。

単刀直入にユリアに聞いてみるか……いや、すでに俺の疑問は火山がどうなっているか以上に、何故ここまで徹底的に火山について隠すのかに変わってきている。

しばらくは王都で軍団に対処しながら、それを探っていくとしよう。昨日のギルドの掲示板を見るに、軍団の方も心配だ。

俺は案内してくれたユリアとノールに礼を言い、その日は宿に帰ることにして、翌日のギルドの依頼に備えることにした。

Mamonowo shitagaeru "teiin" wo motsu tenseikenjya

~katsute no mahou to jyuuma de hissori saikyou no boukensya ni naru~

一章

不死者の進軍

翌朝、俺達は王都のギルドで依頼を受けることにした。

ギルドのほとんどの依頼は大きく分けて二つに分かれていた。一つは王都周辺のパトロール。もう一つは北方から来る主にスケルトンを中心としたアンデットの撃退。

王都の北には広大な田畑があり王都の食を支える重要な地域……だったのだが、最近のアンデッドの襲撃により、農民は王都や王都の南に逃れているらしい。

ヴェストブルクの国王はこの問題に頭を抱えていた。

というのも大陸東部の国々が王国東部の国境を脅かしており、そこに軍のほとんどを派遣していた。

王都の兵だけでは、とてもアンデッドから土地を奪還出来ないようだ。

それは単純に兵数不足というだけではない。依頼書の情報では主力のスケルトンは皆、鎧を身に着け、剣や槍、弓で武装しているという。しかもうまく連携し、まるで軍隊のように手強いとも書かれていた。俺が今まで戦った軍団のスケルトンと特徴は一致する。

王国はそれでも東にいる正規軍を呼び戻さず、ギルドに多くの報奨金を出し、冒険者にアンデッドを退治させることにした。

だが冒険者も皆が皆、アンデッドに有効な聖魔法を使えるわけではない。冒険者側も多数の死傷者を出しており、討伐は思うようにいっていないのが現状だ。

俺としては王都の人達を救いたいのはもちろん、ファリアの北からやってきたアンデッドの大群との関係性も気になっている。

アンデッドを討伐するついでに、彼らの正体も探ってみたい。

だから俺達は迷わずアンデッド撃退の依頼を受けた。報酬もいいし、さっそく北へと赴くことにした。

その際、エルペンから付いてきてくれたヘルハウンドには、王都の宿で待機させることにした。アヴェルや他の従魔が俺への連絡など何かの用で来た際、俺に報告してもらうためだ。

王都の北門へ向かうと、すぐに異常な光景が見られた。

俺達がエルペンから王都に入ったのは西門。それまでの道中、長閑な田園が続いていた。人通りも多かった。

しかし北門を出入りする者は全くいない。代わりに門の周辺では、家のないような人々が地べたに腰を落としている。

家のない貧しい人々か？　……いや、それにしては洗えば綺麗な服や髪をしている。家財も多い。彼らはアンデッドの襲撃で北から逃れてきた難民かもしれない。

彼らは他に行く当てがなく頼れる者もおらず、こうして王都に身を寄せているのだろう。

彼らを助けたいという思いはあるが、彼らの家はここより北にあったのだろう。ならば、俺達は一刻も早く彼らが帰れるよう、北のアンデッドを排除するのが一番だ。

外に出ても異様な景色が続いていた。少数の衛兵隊と冒険者の姿しかなく、田園は荒れ果てている。

北門は誰かが通行する以外は閉めているようで、俺達は潜り戸と呼ばれる門扉にある小さな扉を通ってきた。

マリナは遠くまで見渡しながら呟く。

「王都の活気が嘘みたいですね……」

「もっと北はいつもこんな感じなんだけどね」

ネールも少し驚いたように言った。アンデッドの南下は年々激しくなっているのだろう。しかし王都を出てすぐこれなら、この王都もすぐに……

だが、そうはさせない。さっきの人達のためにもスケルトンを排除し、北部を早く安全な場所へと回復させよう。

「よし、とりあえずまっすぐ北へと向かおう」

俺達は北へと続く街道を進んでいく。

途中、負傷した衛兵や冒険者がいたので回復魔法で応急処置をした。

今は大量にスケルトンに囲まれ逃げてきた冒険者達を治療しているところだ。

「あ、ありがとう。助かったよ……」

足を引きずっていた中年の男は、俺に頭を下げて言った。

重厚な鎧に身を包んだ冒険者の男だ。彼の仲間の冒険者も皆、同じぐらいの年齢で経験豊富に見える。バッジを見ると、ギルドが認定するオリハルコン級の冒険者というのが分かった。

ノール達と同じオリハルコン級。こんな手練れの戦士達が苦戦するとはな……

冒険者の一人が深刻そうな表情で忠告してきた。

「……あんた達、まだ若いし新入りだろ？　最近のここら辺は明らかに異常だ。数もさることながら、あんな強力なスケルトンは今までいなかった……悪いことは言わない。王都を去ったほうがいい。俺の勘が正しけりゃ、このままじゃ王都は……」

他の者達もうんうんと頷く。

俺はこう返した。

「ご忠告ありがとうございます。ですが、先輩方が戦われるのなら、俺達も戦います。王都の人々のために」

「そうか……幸運を祈るよ。このまま北に進むと放棄された村がある。どこの廃墟もアンデッドでいっぱいだ。そこに行くなら気を付けな」

「ありがとうございます」

冒険者達は俺達の名前を聞くといつか恩を返すと、王都へ向かっていった。

「オリハルコン級の冒険者でも逃げ出さなければいけないなんてな……」

ただのスケルトンなら、武装した人間の敵ではない。しかし軍団のアンデッドは上質な装備を身に着けている。しかも、

「この前私達が戦った数がでてきたら、とてもじゃないですか彼らじゃ相手になりませんね」

ルーンの言う通り、この前の数で押し寄せられたらあの巨大な王都でもひとたまりもない。

ネールも頷いて言う。

「その上、アンデッドドラゴンが現われでもしたら、もう終わりですね。いや、ルディス様がいればどうにかなるでしょうが」

「俺だって体は一つだ。それに北から押し寄せているということは、王都の外や、エルペンだって危

ない。根本からなんとかする必要がありそうだな」

だがまずは、実際に戦って情報を集めるしかない。

今気になっているのは、俺達がエルペンから王都に向かう途中で戦った軍団と何か共通点がないかということ。前情報では俺達が戦った軍団のスケルトンと、良い装備を身に着けていて戦術を駆使して戦うことは一致している。

もし同じ装備で同じような戦術を使うなら、彼らの裏にはやはり大きな組織があると見て良い。

俺達は北に進む。すると、恐らく先ほどの冒険者の話にでてきた廃村を見つけた。

「魔力の反応が密集している……人型をしているが、この静けさでこの数か」

「人じゃなくて魔物でしょうね」

ネールの言う通り、人間が住んでいるとは思えない。煙突から出る煙は何本か見えるが、昼間だというのに村を出入りする者は全くいない。いくらかスケルトンで間違いないだろう。

しかし何故、建物に集まるのか？　人の時の記憶がスケルトンに存在する……いや、そんなわけがない。村を王都攻めの拠点にしようとしている可能性もある。

「皆、まずはあの廃村を調べよう。【隠密】と【透明】を掛けるぞ」

【隠密】は足音や声、息などのあらゆる音と気配を消し、【透明化】は姿を消す魔法だ。

ネールが首を傾げる。

「こんなことをしなくても、このまま突っ込んで皆倒せばいいんじゃないですか？」

ルーンはちっちっちっちっと指を振った。

「ネールは分かってませんね。ただ倒しただけではそれで終わりです。まずは情報収集。これ、私達ルディス様の従魔には、家訓のようなものです」

「なるほどー。でも、ルディス様なら全滅させたほうが早いんじゃないかなって。前のアンデッドドラゴンだって、表に出れないからああしたってだけで」

ネールの言葉に俺は首を横に振る。

「俺の力だって限界がある。こっちが倒す以上にアンデッドが生み出されたら、俺も勝てないよ。根本から叩かないと。そのためにも情報を集めるのが賢明だ……それじゃあ、屋内を調べに行くとしよう」

おうとルーンとネールは声を上げる。しかし、マリナは不安そうな顔だ。

ネールがニヤニヤと笑う。

「もしかして……マリナ怖いの？　そうでしょ？」

「そ、そんなこと……ないですよ？」

マリナは声を震わせた。

まあ、廃村は全体的に暗いし、不気味なことこの上ない。人間なら誰でも恐れるだろう。まあ、マリナはスライムで、洞窟暮らしだったが……随分と人間らしくなってしまった。

「じゃあ、マリナは外で見張っていてくれるか？」

「そ、それは……私もルディス様のお傍にいます！」

「わ、分かった」

まあ、一人のほうが怖いよな……

俺達は結局全員で廃村へ入った。

家屋が三十軒ほどの、簡単な木の柵に囲まれた村。周辺には畑があるので、農村だったのだろう。

まだ放棄されて間もないのか、比較的村は綺麗だった。

だがその整然とした感じが却って不気味さを煽る。家屋から響く音もそれに拍車をかけ、まだ人が住んでいるように錯覚させた。

道には、鎧を身に着けたスケルトンが十体以上微動だにせず、槍を持ったまま立っている。

警備のスケルトンなのだろうが、姿と気配を消している俺達には気づいてないようだ。

「ひっ⁉」

声を上げたのはネールだ。

振り返ると、マリナがぶるぶると体を震わせ、ネールの腕をつかんでいた。

「マリナ……驚かさないでよ」

「ご、ごめんなさい、ネールさん」

「ぷっ。というか、そんなこと言って、本当はネールも怖いんじゃないですか？　――ひっ⁉」

ネールを揶揄っていたルーンも声を上げた。

突如家屋から、かんかんという音が聞こえてきたからだ。

ネールはぷっと笑う。

「ルーン先輩もじゃないですかー」

「だ、誰だって驚くことぐらいあります。それよりも、明らかにおかしいですね」

ルーンの声に俺は頷く。

「何か金属を叩く音だ。覗いてみよう」

俺はそう言って、窓の開いている家屋を探した。そうして発見した家を覗くと、スケルトンが金づちで熱された鉄を打ち付けていた。

家屋には炉もあって、薪を火に入れるスケルトンも見える。中には、牛皮をなめす者もいた。さながら戦争前の鍛冶屋のようだ。

視線をずらすと、壁には出来上がった剣や槍などが並んでいる。他の家屋からも聞こえることから、ここは生産拠点なのかもしれない。

「おお、すごい……スケルトンって、あんなこと出来るんですねぇ」

ネールは感心したように言った。

「いや、自然発生するアンデッドの類にこのようなことは出来ない……だが、召喚されたアンデットは違う。アンデッドがどんな命令を実行出来るかは、召喚者の魔力による。ルーン、どう思う？」

「死霊術ですね……我ら従魔は、出来るかどうかは別として、死霊術の使用を封印していました」

「俺を悲しませないため、帝国の人々を怖がらせないためだな」

「はい……ですが、もしここまでの魔法を使えるとしたら……」

ルーンは顔を曇らせた。

俺の従魔で一番魔力を持つ者は、従魔の集まりであるマスティマ騎士団の長フィオーレ。

堕天使の彼女ならあるいは……

しかしルーンは首を横に振った。

「団長、フィオーレがこんなことをするはずがありません。死霊術を使い、あまつさえ人に危害を加えさせるなど……ルディス様を悲しませることをするわけが」

だがこれだけ大量のアンデッドを召喚し細かい指示を出せるほどの魔力を持つ者は、そうそういないことをルーンは知っている。

千年前であれば、それは俺と魔王、そしてフィオーレに限られただろう。

もちろん千年も経てば、そのような者が現れていてもおかしくはないが。

ルーンはネールに鋭い視線を向けた。

「ネール……本当に、魔王軍は関与してないのでしょうね？」

いつものネールなら喧嘩腰で応じたかもしれない。でもルーンが深刻そうな顔をしているからか、真面目な口調で答えた。

「魔王様なら出来るかもしれませんね。私達が南下し、人間や他の魔物と衝突していることも事実です。でも、魔王様はアンデッドを好みません。無邪気な方ですが、死者には敬意を示す方です。本当に」

「そうですか……疑ってごめんなさい」

ルーンは素直に謝ると、俺にかしこまった様子で言った。

「申し訳ございません、ルディス様。軍団の背後にフィオーレがいる可能性は捨てきれません」

「そう……だな」

ルーンとしても仲間だったフィオーレが掟を破り、俺が悲しむようなことをしているなんて考えたくないはずだ。俺だって否定したい。

でも、それでフィオーレである可能性を排除しては敵を見誤る。フィオーレは強力な魔法の使い手だ。もしそれにフィオーレのせいなら、元主であった俺が止めなければいけないだろう。対応を練らなければいけない。

「今はとりあえず、ここのスケルトンを一掃するとしよう……うん？　これは」

俺は村の北から、大きな魔力が迫っているのを感じた。

北を向く俺を見て、ルーンもネールも気が付いたようだ。

「……スケルトンの大群？」

ネールが呟くと、ルーンが首を横に振る。

「いえ……そんな微弱な魔力ではありません。かといって、この前のアンデッドドラゴンにしては小さすぎる」

「ああ。それに、魔力が人の形をしているし、軍団にしては数が少ない。誰なんだ……」

軍団のボスだろうか。他に、それなりの魔力を持った者が同行している。

従者か？　それよりも、この魔力どこかで……

そんなことを思っていると、村の小さな鐘楼から、鐘の音がけたたましく鳴り始めた。スケルトンが北から迫る者に気が付いたのだ。

俺達の目にも北の者達が映る。全身を覆う黒装束の者が五名。中央の一人は、腰が曲がっており杖をついている。老人のようだ。

皆、フードを目深く被っているので顔は分からない。

しかし俺にはあの黒装束に見覚えがあった。

「あいつらは……」

スケルトン達は武装し、家屋を出て、北へと向かう。その規律のある動きに俺は驚かされたが、黒装束の者達は全く歩みを止める気配はない。

スケルトンは整列すると、黒装束の者達に弓やクロスボウで射撃を開始する。

俺は介入を躊躇ったが、軍団が敵と認識するということは味方になってくれる可能性もあると、黒装束の者達を守ることにした。【魔法壁】を黒装束の者達の前に展開する。

だが、それはいらぬ配慮だった。

黒装束の者達は手に魔力を宿すと、飛んでくる矢弾を炎の魔法で焼き払う。

その中で老人は何もせず、周囲の者だけが魔法を放ったようだ。老人は一人周囲をきょろきょろと見渡していた。

一方のスケルトン達はすぐに戦術を変えた。飛び道具が駄目ならと近接武器を手に散開し、黒装束の者達の四方を囲む。さらに村中から続々と新手のスケルトンが現われ完全に包囲されてしまう。

しかし、黒装束の者達は全く動じない。

中央の老人は膨大な魔力を自身に集めると、周囲に竜巻のような風を起こした。この強風にスケルトントンの大群は吹き飛ばされていく。それを口火に、他の黒装束の者達も、剣と魔法でスケルトンを攻撃し始めた。瞬く間にスケルトンは蹴散らされていった。

俺も魔法で黒装束の者達を守りながら、少しずつスケルトンの数を減らしていく。気が付かれないよう魔力を抑えたが、老人だけは俺の魔力を追うように顔を動かしていた。

俺の魔法に気が付いている……やはりこの老人相当な魔法の使い手だ。

戦いが終わると、突如その老人が杖を捨て歩き始めた。

村の中央、俺のいる場所へとまっすぐ向かってくる。恐らくは魔法を使う俺の存在に気が付き、場所を特定したのだろう。俺は【透明化】で姿を消し、【隠密】で音を断ち、魔力を抑えていた。

「真祖様！　ご無理は！」

他の黒装束の者達は老人へ声を掛け、肩を貸そうと駆け寄る。

しかし老人は手を突き出しそれを拒んだ。

「おお……おお……本当に、本当に……」

しわがれた声に聞き覚えはない。体もだいぶ痩せてしまっていた。だが、老人の魔力の使い方は、俺の知っている男のものだった。

老人もまた、俺の魔力の動きを見て、俺が誰であるか気づいたのだろう。

俺は姿を現し、自らも老人に向かった。

「る、ルディス様、危険です！」

ネールが声を上げるが、ルーンが即座に応える。

「ネール。大丈夫です、彼は」

そうだ。俺のよく知っている男。見た目はもうずいぶんと変わってしまったが、俺の大事な従魔だ。

「アーロン！」

俺は声を上げて、老人――アーロンに走った。

「ルディス様……ルディス様……っく」

アーロンもはあはあと息を切らしながら向かってくるが、転びそうになる。

そんな倒れそうになるアーロンを、俺は間一髪のところで受け止めた。

その体はあまりに軽かった。そしてフードから覗くしわくちゃの顔には涙が伝っている。

「アーロン……すまなかった」

「ルディス様が、本当にルディス様が……うう……ううっ！」

アーロンは俺の胸に顔を埋めると、子供のように泣いてしまった。

彼はかつて俺の従魔であった吸血鬼だ。吸血鬼の真祖であり、俺の従魔の吸血鬼達を取りまとめていた。

かつては敵であり人を襲っていたアーロンだが、俺との戦いに負け、自ら命を断とうとした。吸血鬼のプライドが、人間に負けるということを許さなかったのだろう。

しかし俺はアーロンに、魔法の研鑽に力を貸してほしいと言った。アーロンは、類まれな幻覚魔法の使い手で、失うには惜しいと思った。だが何より、人を家畜としか見ない吸血鬼と人間が共存出来ないか、模索したかったのだ。

アーロンは俺の申し出を耳にすると笑った。しかし彼も俺の魔法に魅了されていたようだ。それから俺達は、互いに魔法を研究し、豚の血を人の血の味に変える幻覚魔法を完成させた。アーロン達は、人の血を飲まずとも生きていけるようになったのだ。人の血と比べると栄養分に劣ると言われていたが……

「アーロン、この姿は……」

俺はアーロンの弱々しい背中を撫でた。

やはり豚の血は完全に人の血の代わりにはなれなかったのだろう。吸血鬼は吸血をしていれば、不老不死だ。

しかし、俺の目の前のアーロンはこんなにも弱ってしまっている。千年前までは二十代ぐらいの若い男性の姿をしていたのに。

これが意味するところは、アーロンは老けを感じつつも人の血を拒んでいたことになる。

以前エルペンを吸血鬼達が襲った際、彼らはアーロンの一族でありながら、アーロンの指示を聞いていないと言っていたがそれは本当だったようだ。

エルペン襲撃の際人質にして従魔にした吸血鬼バイエルと他二名は、今ここにいる。彼らはちゃんとアーロンを連れてきてくれたようだ。従魔は、主人がいる方角が分かる。

「三人とも、よくアーロンを連れてきてくれた……ありがとう」

俺が礼を口にするが、バイエル達はただ涙を流すだけだ。真祖であるアーロンが俺と再会出来たのが嬉しいようだ。

だが、アーロンの顔色は良くない。なんとか俺から離れ、片膝をつこうとする。ここまで来るのに無理をしたのだろう。

俺がそんなアーロンに無理はするなと言うと、マリナが家屋にあった木の椅子を持ってきて、アーロンに座らせた。

「これは、かたじけない……お主はスライムか？　とすると、ルーンの一族か」

「はい、娘のマリナです」

「そうであったか……」

アーロンは申し訳なさそうな顔で、ルーンを一度見た。ルーンは複雑そうな顔をしている。

そのままアーロンは、俺に深く頭を下げた。

「ルディス様。不忠をお詫びいたします。私が至らぬため、我が一族は人を襲ってしまった。ルディス様との誓いを破り、同胞である従魔達を裏切ってしまいました」

すると、バイエルら他の吸血鬼達が、俺の前に跪いた。

「ルディス様！　エルペンでの件は、我らの独断！　アーロン様には何も非はございません！　罰するのは、我らだけに！」

しかしアーロンは吸血鬼達を一喝する。

「黙っておれ！　貴様らの主は、真祖であるこの私だ！　一族の行いは、すべて私に責任がある！お主達が腹を切ってどうにかなる問題ではないのだ！」

そのアーロンの気迫に、吸血鬼達はたじろいだ。彼らは以前、アーロンは表に姿を出さず、指示をすることもないと言っていた。アーロンの怒る姿を見るのは久々なのだろう。それが恐ろしくもあり……もしかしたら、嬉しいのかもしれない。

アーロンは吸血鬼達を静かにさせると、椅子から降りて頭を下げようとした。

だが俺はそれを止めて言う。

「アーロン。お前のせいでも、部下のせいでもない。責任の大元は、お前達を放置した俺にある」

そんな言葉が自然と出てきた。放置、ではないかもしれない。見捨てたというほうが合ってそうだ。

ともかく俺は、すぐに短剣を取り出し、それで指を切ろうとする。血を、アーロンに与えるのだ。

「る、ルディス様、何を⁉」

ネールとマリナが声を上げた。

アーロンもまた、立ち上がって俺の腕をつかむ。

「おやめください！　罰を受けなければいけぬ私に、そのようなことを！」

「アーロン。もう一度言うが、お前に罪はない。罪があるとすれば、俺だ。それにこれはとりあえず口にしてくれ。俺はお前に死なれては困る」

「る、ルディス様……」

「他の吸血鬼達も与えるとしよう。此度の労をねぎらいたい」

他の吸血鬼達は、とんでもないと固辞しようとした。だが、俺は指を切りつけた。

「アーロン。飲め。このままでは、地面に落ちてしまう」

「ルディス様……本当に、私にそんな資格は……」

豚の血を人の血に思わせる魔法を完成させた後も、俺はアーロンに自身の血を与えていた。本人は決して望まなかったが、吸血鬼にとってやはり人の血は最上のごちそうということを知っていたのだ。

もちろん、今までのアーロンの禁欲に報いるために、いくらでも血を与えたいという思いはある。

だが今は褒美というより、アーロンを生き永らえさせたいという一心だけだ。

アーロンは俺の指から落ちる血を、両手で受け止めた。そして恐る恐る、それに口をつける。

「ああ……これは……私は何と、果報者なのだろうか……」

アーロンは少し口にしただけで、ありがとうございましたと頭を下げた。

「もういいのか？　……まあいい、他の者達も」

他の吸血鬼達は遠慮するが、アーロンが頷くと、すぐに俺の血を受け取った。

それを口にした彼らは、生き返ったように至福そうな顔をするのだった。

しかしその時、異変が起こる。

アーロンが突如、胸を押さえたのだ。

「ぐっ……」

「アーロン!?」

俺はすぐに倒れそうになるアーロンを支えた。

アーロンはがたがたと体を震わせ、苦しそうな顔をする。

俺の血に何か問題が？　いや、他の吸血鬼達はぴんぴんとしている。

俺はすぐに回復のため闇の魔力を送るが、アーロンの震えは止まらなかった。やがてアーロンの体から赤い光が発し、周辺を包んだ……

「あ、アーロン」

俺の目の前には、先ほどの老人ではなく、在りし日の若くたくましい体をしたアーロンがいた。

「こ、これは……ルディス様、ありがとうございます！　ルディス様の血で、私は以前の力を取り戻せました！」

アーロンは顔を輝かせて言うと、俺に跪いた。

「あ、ああ、それは良かった」

こんなに回復するとは……他の吸血鬼達も目を丸くしている。

ここにきて、先ほどから黙っていたルーンが口を開く。

「随分と都合のいい体ですね、アーロン。さっきの姿じゃとても責められませんでしたが、これならいくらでも罵声を浴びせられそうです」

「ふっ、ルーン。まさかお前に、そんな分別があるとはな。お前があまりにも丸くなったから、お前も耄碌したのかと思ったぞ」

「減らず口は相変わらずですね。言っときますが、ルディス様に許されても、私達従魔の誓いを破ったことは別ですよ。きついお仕置きを覚悟しといてくださいね」

ルーンも本当にアーロンをどうこうしようとは思ってはいない。二人はかつてこうして冗談を言い合っていた。互いに再会出来たことを、ようやく素直に喜べるようになったのが嬉しいのだ。

俺もそんな二人を見て、思わず口元が緩む。

だがスケルトンを一掃したとはいえここは敵地だ。いつ新手のスケルトンがやってくるとも限らない。アーロンと話したいことはたくさんあるが、ゆっくりは出来ない。

「アーロン。ともかく、よかった。その様子ならしばらくは大丈夫そうだな。さっそくだがアーロン。お前はこれからどうするつもりだ？　いや……まずは俺の希望を聞いてほしい。もう一度、俺と……」

俺の言葉をアーロンが遮る。

「ルディス様。私は永遠にルディス様の従魔と思っておりました。それゆえ、私はルディス様との誓いを守ろうとしておりました。ですが、それを破ってしまった私は従魔の資格がないのかもしれません……」

アーロンは跪き、深々と頭を下げる。

「それでももしルディス様がお許しいただけるのなら、私達こそまた殿下にお仕えしたく存じます」

「ありがとう、アーロン。俺ももう一度、お前達とやり直したい。実は、西に従魔の里がある」

「とすると、私とルーン以外にも従魔が」

「ああ、アヴェルがいる。その一族のヘルハウンドと、ベイツの末裔のゴブリン達も一緒だ。またここより少し西、ファリアの北にエライア達トレントの子孫、オークのヴァンダルの子孫も住んでいる。ヴァンダルはすでに亡くなっていて、エライアは……」

俺はトレントのエライアについて、アーロンに話した。

彼女は俺の死後五百年後に従魔の集まりであるマスティマ騎士団から召集を受け、その会合に向かった。そこで従魔の決まりをもう一度、皆に確認させると言っていた。

だがエライアは、自分の子供達の元へ今も戻っていない。そして俺の復活を予期し、捜してほしいとも言っていたのだ。

アーロンはすぐにピンと来たようだ。

「我が居留地にもスケルトンがやってきて、そんな手紙を置いてまいりました」

それを聞いて、ルーンは唖然とする。

「あ、アーロンは呼び出されたのですか？」

「ああ。ルーンは呼び出されてないのか？」

アーロンの声に、ルーンはプルプルと体を震わせた。なんで私は呼ばれないで、アーロンはと口にして。

俺はルーンをまあまあとなだめながら、アーロンへの質問を続ける。

「その召集には参加したのか？」

「いえ。差出人も不明でしたので。北の果てに来いということから、魔王の奸計の可能性もありましたので」

「なるほど……」

俺が視線を向けると、ネールは首を横に振る。

「く、詳しくは分かりませんけど、たぶん魔王様はそんなことしないと思います。さっきも言いましたが、私達が他の魔物や人間と争っているのは事実です。でも、それは軍団に追われて皆、南に食料を求めに行っちゃうわけですし、組織的にやってるわけじゃありません」

それにとネールは真面目な表情で続ける。

「やろうとしたって、参謀の誰かでしょうけど、記録にはルディス様の従魔を殺したとか、勧誘したなんて残ってませんから。もしそんなことした者がいたら、手柄として自慢しているでしょうし」

俺はネールの言葉に頷く。

「あの魔王がそういう手段を取るとは思えないな。部下も独断専行するような奴らじゃない……分かった、ともかくアーロンはその召集には参加してないんだな」

「はい。だが、今思い返すと手紙を届けに来たスケルトン、そして返事をせずしばらくしてから、我らの居留地を襲ったスケルトン、そしてこの一帯にたむろしているのも何故か武具が同じ帝国の様式……」

「俺が西で戦った者も、ここの奴らと同じ武具だった。魔王軍もこいつらと同じような奴らに、攻撃されていたようだ。そして今、こうして人間の国も。魔王軍は、彼らアンデッドを軍団と呼んでいるらしい」

「なるほど、軍団ですか。確かに、帝国式の戦い方をする者達でした。装備もいい」

アーロンは村に転がるスケルトンの残骸を見て続ける。

「この五百年で襲撃は激しさを増しておりました。加えて、スケルトンが南下していることも知っていました。もしや、召集をかけたのは、その軍団の」

「可能性は高いな。そしてとてつもなく、強力な魔力の持ち主だ」

アーロンは俺の言葉を聞くと、額から汗をだくだくと流す。

「まさか……いやしかし、そんなことは」

ルーンはアーロンに向かって頷く。

「団長……フィオーレの可能性もあるでしょう。私達は今、そのために情報を収集しているのです」

「なるほど。では、ルディス様。私も一緒に」

アーロンも気が気でないようだ。元従魔同士。しかも皆、フィオーレの強さは知っている。

そのフィオーレがスケルトンを召喚しているとしたら。

「アーロン、俺も気持ちは一緒だ。だが、一族の者達はお前を必要としている」

「それであれば、心配はご無用です。私達は、もとより一族でルディス様のお役に立とうと、家財家畜と共に故地を放棄しこちらに参ったのです。件のスケルトンの襲撃に耐えかねてというのもありますが。今は北の廃村で待機しております」

「そこも危険だろう。皆、不安がっているはずだ。アーロンには今、皆を従魔の里まで導いてもらいたい」

「そういうことでしたら……私は一族を率い、里へと向かいます。それからのことは、アヴェルと協議いたします」

「頼む、それと……」

俺は続いて、魔物との共存に意欲的なユリアの存在と、ファリア周辺の不戦協定についても話した。

「……なるほど。すでにそんな協定まで。さすがはルディス様ですね」

「いや、これはあくまでも地域的な、しかも秘密協定だ。大陸全土に広がるのはいつになることか……ともかく、道中のトレントやオークには俺の名前を聞かせれば話が通じると思う」

「かしこまりました。人間は刺激せず、そのトレントのリアと、オークのベルナーに挨拶しましょう。

エライアとヴァンダルの子ですからね」

アーロンが言うと、ルーンが口を挟む。

「あなたはおしゃべりですからね。彼らに変な昔話をして困らせないでくださいよ」

「たっぷりするつもりだ。特に、ルーンという口うるさい従魔のことをな」

意地悪っぽく笑うアーロンに、ルーンはすかさず怒った。冗談が言える立場なのかと。

口論しそうになる二人だが、俺はあることを思い出す。

「まあまあ、二人とも……そうだアーロン。もし、途中でユニコーンを見ても、襲わないでほしい。

オルガルドという名の者が長のユニコーンの一団だ」

「ユニコーンを？　しかし彼らは、私達を見つければ必ず攻撃してくるでしょう」

「いや、俺の名を告げてくれ。彼らには、すでに交流がある。敵意がないと分かれば、争いは避けられるはずだ」

ユニコーンの長オルガルドは、俺がユニコーンのアイシャを救ったことに恩を感じているはずだ。

その後も何度か、オルガルドとは会話をしている。話が通じない相手ではない。

「かしこまりました……ですが、もしもの時は応戦の許可を」

「それは許可する。だが、絶対に大丈夫だ。あの、ユニコーンの長なら」

「ふむ……分かりました。必ず、争いは避けましょう。それでは」

アーロンは頭を下げると、ルーンと目を合わせてから、北へと去っていくのだった。

その後俺達はスケルトンの遺骸を調査した。

分かったのは、彼らの武具は恐ろしいほどに統一されているということだ。

アーロンも言うように、俺の前世、帝国で用いられていた武装だ。剣は幅広のグラディウスという形式で、槍は投げ槍にもなるピルムという形。短めの鎖帷子、盾は長方形の大型のもの。

いずれも、大軍勢同士での会戦を想定した装備である。

またある家屋の外には、組み立て途中の投石機やバリスタもあった。これは城壁や家屋を攻撃するための攻城兵器と呼ばれるものである。

戦い方も帝国軍同様、整然としている。連絡役に警備と、役割分担されていた。帝国の軍隊である軍団と、魔王軍が呼ぶのも納得だった。

だが、それだけのアンデッドなのに、近くに彼らを操る装置や術者もいない。つまりは、彼らは遠くから指示を受け、それを実行していたことになる。これは彼らの召喚者の魔力が絶大であることを意味する。

そして何より重要なことは……ここにこういう拠点を構えたということ。

「王都を攻めるつもりか？」

軍団の目標が王都であることは、間違いなかった。

何か嫌な気がする……ここまで組織的な集団だ。ただ北から押し寄せてくるだけとは思えない。

王都の四方から、あるいは空から……はたまた王都の中に協力者を潜り込ませたりと、あらゆる攻撃手段がある。

俺達だけでは、少々手が回らないかもしれないな。ここは、従魔の里に応援を要請するか。

俺は胸から、金色の花びらを取り出す。

これは伝書花の花びら。自分の伝えたいことを記憶させ、送りたい相手を念じると、勝手に飛んでいく。ファリアの北のトレントの森にあったもので、一枚取っておいたのだ。

まさに今使う時だ。アヴェルに、出来るかぎりの増援を頼むとしよう。

俺の言葉を記憶した花びらは、空に投げると里のある従魔の西へ飛んでいくのだった。

その後、俺達はスケルトンの遺骨の一部を麻袋に詰めて、一旦王都へと帰ることにした。

「のどぼとけが、五十……五十体ですか！」

ギルドの受付嬢は、俺が差し出したスケルトンの遺骨が入った袋を【鑑定】し終えると、声を上げた。

「つまり、スケルトン五十体を……四人で」

受付嬢は俺達のバッジを見て言った。俺達の冒険者ランクは一番下のブロンズ級であるから、新人がどうしてと驚いているのだろう。いや、どこかからくすねてきたのではと疑っているのかもしれない。

しかし先輩冒険者のノールが現れると、受付嬢に言った。

「彼がルディス、ルーン、マリナ、ネールよ。ファリアの件は伝えたでしょう？」

「なるほど！　エルペンの凄腕新人でしたか！　これは失礼しました。基本報酬が三十デル、討伐一体につき一デルで……全部で八十デルですね」

受付嬢はすぐに金を入れた麻袋を差し出した。スケルトン討伐の報酬である。

「どうぞ。あなた方の冒険者ランクですが、エルペンとファリアの功績も鑑みて、ブロンズ級からシルバー級への昇進を検討しています。ですが、今はちょっと手いっぱいで……」

受付嬢はギルドの掲示板を見た。どんどんと依頼が貼り出されているようだが、どれもスケルトン関連の依頼らしい。

しかしここに来て昇進か。

そう言えば一昨日、本屋で読んだ本に俺達の話題があった。エルペンで活躍している新人冒険者がいると。多少はそれが伝わっているのだろう。

「昇進は急ぎませんので結構です。明日も依頼を受けますので、よろしくお願いします」

「この時期に助かります。こちらこそよろしくお願いします」

俺は報酬を受け取ると、ノールに挨拶する。

「ありがとうございます、ノールさん。おかげで受付の方に疑われずに済みました」

「気にしないで。さっき、あなた達のことを話しといたのよ。近々、昇進もあるはずだわ……この騒動が収まればね」

「スケルトンの襲撃は日に日に激しくなっているようですね。俺達も廃村に行って、そのあまりの数にびっくりしました。兵器の類についてもお話ししたのですが」

俺はギルドに今日のことについて、だいたいの事実を伝えた。家屋の中には武器が所狭しと並んでおり、屋外には攻城兵器の類があったことを。

これがギルドの上層部、ひいては王国の指導者達の耳に入れば、王都の防衛に本腰を入れると期待したのだ。

するとノールが言った。

「明日、私もその廃村に行って確認してくるわ。状況が状況だから、エルペンからエイリスとカッセルに来てもらうように手紙も送ったの。あの二人も、今回の問題に対処してくれるでしょう」

「それは心強い。俺達も、もっと頑張ります」

「ええ。でも、くれぐれも無理はしないようにね。それじゃあ、私はまだギルドでやることがあるから」

「はい。それではおやすみなさい」

俺はネールに別れを告げ、ギルドを出た。

今日はアーロンとも再会出来たし、軍団の情報もつかめたりと充実した一日だった。

しかしまだまだ軍団の謎は解けてない。明日はもっと北まで捜索したいので早く寝るとしよう。寄るところもないし宿に向かうか。

ルーン達は今日の食事を作るとかで、先に買い出しに向かっている。俺のほうが帰りが先になるかもしれない。

そんな時だった。西門周辺に人だかりが出来ているのが見えた。

百人以上はいる大集団だ。皆重い荷物を背負っている。まるで故地を追われた難民のようだった。

そんな彼らに、城門の兵は取り囲んで怒鳴り声を浴びせる。

「ええい！　勝手に入ってくるな！　お前達の住む場所はここにはない！　帰った、帰った！」

難民の中から、老人らしき男が声を上げる。

「しかし私達の村はすでに骨の魔物に侵され、帰れません！　どうか、路地で構いませんので、城壁の中に！」

「ならぬ！　これは陛下の命だ！　もし聞かないのなら、ここで皆処刑する！」

王都に難民を入らせたくないのか。治安のためというのもあるのだろうが、あまりに冷たすぎる。

そもそも、王都の人々だけを守っていても、周辺の農民がいなくなれば誰が食料を供給するというのだろうか。

あまり使いたくなかったが、幻覚魔法で衛兵を去らせることも出来る。今回の報酬も彼らのために

……


そんなことを思っていると、突如難民達がざわつき始めた。

皆、ある一点に視線を向けている。

ある女性が向かってきていたからだ。

「ユリア……」

難民のもとへやってきたのは、ユリアだった。

ユリアは衛兵達に告げる。

「彼らは王国の民。あなた方は王国の兵。彼らが困っているというのに、追い返すというのはどういうことですか？」

「で、殿下……しかし、陛下はじめ他の王族方は、王都への難民を追い払えと……」

「ならば、彼らの身柄は私達が預かります。私の客人なら問題ないでしょう？」

「いいでしょう……しかし、さすがはユリア殿下。きっと、すべての王国の者を救ってくださるのでしょうね」

皮肉っぽく言う衛兵に、ユリアは少し唇を噛んだ。

ユリアがこの国の王なら、多少の無理は出来るだろう。しかし今のユリアでは、これからも押し寄せるであろう難民全てを救うなど、出来やしない。

それでもユリアの性格からして追い返すなど出来ないのだろう。

俺も彼女の力になりたい……それにはやはり、一日も早くスケルトンら軍団を退けるのが一番だ。

この後、ユリアは王都のある広場に難民を案内した。そこには王都でのユリアの支持者が集まっており、食事の配給や、テントの設営を行っていた。

すでにユリアは一人じゃない。これだけたくさんの支持者がいる。また、従魔のブルードラゴンのラーンは、難民達を暖めるため、焚火に火をつけて回っていた。

俺はそのことに安心感を覚え、明日からのスケルトン討伐に勤しむのだった。

翌日、俺達は北方の村のスケルトン討伐依頼を受けた。昨日解放した廃村の西側にある村だ。そこもやはりスケルトンに占拠された生産拠点であり、昨日の廃村と同じような武具や兵器が見つかった。

ついでに周囲を哨戒していたスケルトン達や、さらに南方へと向かう一隊も討伐した。

この日の報酬は百デル。

しかし翌日、再び最初の村にスケルトンがやってきたという報を受け、またそこへ討伐に向かう。

それでは不足だとさらに北方までスケルトンを求め戦ったが、翌日は二日目に向かった村が襲われたという報を受けた。そこを再び掃討しては、別の村への討伐も……そんなことを十日前後俺達は続けたのだ。


そんな日が続く中、俺は再びスケルトンの討伐へと向かっていた。

「ああ！　どれだけ湧いてくるんですか、こいつら！　しかもどの村行っても、同じような装備ばかり作ってるし！」

ネールはスケルトンを乱暴に薙ぎ払うと、辟易した顔で言った。

ルーンも首を傾げる。

「これだけ村を回っても新たな手掛かりはなし。それに、解放した村にまた戻ったりと、いたちごっこ。ルディス様、ここはもっと北へと向かう必要がありそうですね」

「ああ。司令塔はもっと北にあるのかもしれない……」

しかも日に日に王都への難民は増えている。王都への侵攻は食い止められているが、早急になんとかする必要がある。

しかしそんな時だった。ある冒険者の一団が、大急ぎで王都に向かっているのが見えた。

彼らは俺達に気が付くと、遠くから声を上げた。

「王都にアンデッドどもが現れた！」

「王都に!?」

ついに王都周辺までにスケルトンが現れたのかと思った——が状況はもっと深刻だった。

「王都の中にスケルトンが現れたんだ！　城壁が破られたのかもしれない！」

冒険者は必死の形相で叫んだ。

つまりは王都の人達が住まう市街地にスケルトンが現れたということか。

「ギルドがすぐに鎮圧に向かえって言っている！　お前達も頼む！」

冒険者達は王都へと走っていく。俺達もそれを追うように王都へと向かった。

走りながらネールが訊ねてくる。

「王都の中にいるってことはあの城壁を破ったってことですか？　朝、王都周辺をひとっ飛びしてきましたが、とてもそんな集団は」

ルーンも不思議そうな顔で呟く。

「破るにしたって、あの規模の城壁、投石機とか無理です。魔法か、力に長けた者の仕業。いずれにせよ、人型のスケルトンで出来る芸当じゃありません」

ルーンの言う通り、魔法を使わず攻城兵器の類であの城壁を破るのは、一日では不可能。かといってそれだけの威力の魔法を放てば俺も気が付くし、宿に待機させていたヘルハウンドも何かしら連絡を寄こしただろう。

となれば、王都の中か上空からか。軍団のスケルトンかどうかも分からないが、とにかく今は王都の人々を守るのが先決だ。

王都の北門へ近づくにつれ、混乱の大きさが伝わってきた。

街中から鐘楼の鐘がひっきりなしに鳴っている。市街の各所から煙が上がり、城門は王都を脱出しようとする人でいっぱいになっていた。

それを衛兵が抑えようとするも、恐慌状態の群衆を前には無力だった。城門から人々が飛び出てくる。この流れに逆らって王都に入るのは至難の業だ。

「これじゃあ、中に……」

マリナは城門を前に唖然とした。他の冒険者達もどうすればいいか分からないといった様子だ。

他の城門まで回るのは時間がかかりすぎる。加えて、ここがこうなら他の城門も同じようになっているだろう。

ここは、俺が魔法で別の道を作るか、それとも魔法を駆使して城壁を飛び越えるか。

しかし、そんな時だった。北から大きな魔力の反応が迫ってきていた。

軍団の者か？　いや、この魔力と形は。

俺は振り返った。するとそこには、土埃をあげてこちらに向かってくる一団が。

真っ白い毛を生やし、額から一本の角を伸ばした馬——ユニコーン達だった。

俺が以前助けたアイシャの仲間、長の名前はオルガルド。その一団で間違いない。

「あいつら！　ルディス様、気を付けてください！」

ネールはそう言ってハルバードを構えた。

だが、他の冒険者や逃げてきた民衆達は、歓声を上げる。聖獣であるユニコーンが助けてきてくれたのだと喜んでいるのだ。

ユニコーン達は、俺達や冒険者の前で脚を止める。

俺は【思念】で話しかける。

（オルガルド、来ていたのか）

（アイシャを託すことにした……そこで、お前の部下アーロンから話を聞いたのだ）

オルガルドはそれ以上語らなかった。

アイシャは闇属性の魔法に侵され、彼らの定義する聖獣とは言えなくなってしまった。ユニコーン達はそれでアイシャを責めたのだろうか？　いや、オルガルドがそれを許すとは思えない。

理由は気になるが、ともかくオルガルドは俺と従魔を頼ることにしたらしい。それは歓迎だ。こうして来てくれたのも、王都周辺が危ないというアーロンの言葉を聞いてだろう。

（ともかく、乗れ。中のアンデッドを駆逐するぞ）

（ああ、ありがとう。だが、まずは）

俺はオルガルドの背中に乗ると、オルガルドに魔力を送る。

（これは……分かった。任せておけ）

オルガルドはその魔力を得ると、角から光を上空へ放った。それは王都の空を覆い、地上を照らす。

これは聖魔法だ。これを浴びたスケルトンは焼かれていくはず。

しかしまだ王都の混乱は収まらない。恐らく屋内にスケルトンがいたりするのだろう。

（オルガルド。王都の中まで頼む。どこかしらに、スケルトンが入ってきた場所があるはずだ。元から断とう）

（分かった）

ルーンや他の冒険者達もユニコーンに騎乗すると、オルガルドは城門へと走った。

それを見た民衆達は進んで道を開けていく。聖獣が王都で戦ってくれると考えたのだろう。ユニコーンを称える声も聞こえる。聖獣は魔物と戦ってくれる神の使いであると、人間の信仰の対象になっていることが改めて窺えた。

「す、すげえ！　俺、聖獣に乗せてもらってるよ。うわっ！」

興奮する冒険者達を乗せ、ユニコーンは各所に散らばった。

オルガルドが言う。

「彼らには王都を巡回させよう。お前達はどこへ向かう？」

オルガルドの問いに、俺は魔力の反応の濃い場所を指さした。

「向こうに、恐らくスケルトンであろう大群の反応がある。そこまで向かってくれるか？」

「分かった」

オルガルドはそのまま、俺の指さした方向へと走った。

俺達に注目したり声を上げる民衆もいるが、皆自分達が逃げるので精いっぱいのようだ。

一方で、街道の一角では衛兵とスケルトンが戦闘を繰り広げている。

……外の軍団と装備が一緒？　城壁を越えるため、王都の外から坑道でも掘ってきたのか？

あれだけ戦術的な戦いをするスケルトン達だ。その可能性は捨てきれない。

だが王都はもともと火山で、周辺はごつごつとした岩場が多い。それを掘ってくるとは……

とにかく今は、王都から彼らを一掃しなければ。

オルガルドはそんな中を難なく掻い潜り、迫ってきたスケルトンを突進で粉砕すると、俺の指示した場所へと向かう。

見えてきたのは大きな広場だった。その中央に陥没した穴があり、そこからスケルトンが続々と出てきている。

「……やはりここまで掘ってきたのか？　ともかく、この広場のスケルトンを一掃し、穴を塞ぐぞ！」

俺の声に、ルーンやオルガルドは頷く。

俺は魔法でスケルトン達を攻撃していった。ルーンやオルガルド達も、広場に出てきたスケルトンを一掃する。

それから、俺は穴へと氷魔法を放った。同時に風魔法で、えぐられた広場の石材で穴を埋めていく。

そうしてなんとか、穴は塞がれた。

「ふう……しかし、どういうことだ」

とりあえず塞いでしまったが、奥が気になる。人気のない時間を見計らって中に入って調べるか。

今は周辺の人々の安全を確保するのが最優先だ。まだ周囲からは悲鳴が響いている。

「皆、手分けして倒すぞ！」

「はい！」

俺達はこの後、王都で暴れるスケルトンを倒していくのだった。

徐々に王都の混乱は収まりつつあった。オルガルドらユニコーンが戦いを終え、王都を巡回し始めたのも、王都の人々を安心させたらしい。

また冒険者達も、もうスケルトンはいないと民衆や衛兵に報告したことで、この騒ぎは収束したのだ。

俺が塞いだ穴は常時冒険者と衛兵に監視され、もう出てこられないよう重りで塞がれていた。入りづらくなったが、後で何とかしよう。

俺は改めて、前方を歩くオルガルドに【思念】で礼を言う。

（オルガルド、助かったぞ）

（我らの役目は魔物と戦うことだ……礼を言われる筋合いはない）

（またまたぁ。素直に恩を返しに来たって言えばいいのに）

口を挟むルーンに、オルガルドは何も答えない。

ルーンは無視するなと、オルガルドの背中と頭を撫でる。毛並みが気持ちいいのか、マリナやネールも同じように撫でた。

それでも、オルガルドは全く表情を崩さなかった。

まあルーンの言う通り、オルガルドの性格からして多少の恩は感じてそうだ。

オルガルドはそれに触れず逆に問い返してきた。

(そもそも、我らが戦わずとも、お前ならこの王都を救えたであろう。それに我にわざわざ魔力を送り聖魔法を使わせずとも……何故、賢帝ともあろう者がこそこそと隠れる?)

(俺はもう表舞台に立つつもりはない)

(愚かな。人と魔物を共存させたいという理想を持つのなら、賢帝として復活した姿を内外に示せばよい。お前の力があれば、造作もないことのはずだ)

(力で従わせようとしたところで、それは本心ではない。一瞬の平和で終わるだけだ。人と魔物が真の意味で和解するのには、もっと時間と交流が必要だ)

オルガルドは納得出来ないような様子でただ俺の話を聞いていた。

だが、以前のアイシャの命を救う際もそうだったように、彼なりに理解してくれようとしているのだろう。決して否定はしてこなかった。

(……しかし、どれだけの時間がかかるか。我には、とてつもない時間のように思える)

(その時間を早めてくれるかもしれない、人間がいる。オルガルド。お前にも会わせたい。俺が見込んだ人物だ。彼女なら、俺がいなくともこの国と大陸に平和をもたらしてくれると思う)

(ほう……お前ほどの人物が評価する者か。それは気になるな)

(なら、来てくれ。実際に見てくれ。この広場の隣の、別の広場にいるはずだ)

俺はオルガルドと共に王都を進んでいった。

（……おお、いたいた）

広場では、今回の騒動で負傷していた人々を治療するユリアの姿があった。魔法で傷を癒したり、人々に薬や包帯を配って回っている。

そんなユリアを支援するかのように、手伝う街の人々の姿も見られた。

オルガルドはそのユリアの存在に気が付く。

（ふむ。格好を見るに王族のようだな。民衆のため、自ら動くか。確かに殊勝な心掛けだが）

（珍しくもないか。だが、彼女はな）

俺はユリアの近くを飛ぶドラゴンに視線を向けた。ユリアの従魔であるラーンを。

それに気が付いたオルガルドが口を開く。

（あれは、ドラゴン。魔物か。そして彼女の手にあるのは、お前と同じ魔物を従える帝印。なるほど、お前と同様魔物への偏見を持たぬのか）

オルガルドはそう言って、しばらくユリアとラーンをじっと見続けていた。

（……オルガルド、どうか彼女に手を貸してやってはくれないか？）

（我らが？）

（いきなり言っても困らせるだけだな。だが、どうか彼女を見守ってほしいんだ。彼女を見ていれば、お前達も手を貸したくなるかもしれない）

（我らは積極的に人とはかかわらぬ……神々に仕える者として掟をずっと守ってきた。そしてこれからも……だが我らの掟は、人を守るためにある）

オルガルドはとこととことユリアの近くに歩み寄った。そして付近の傷病人を魔法で癒していく。

「あなたは……ありがとうございます」

ユリアの礼に目もくれず、オルガルドは治療を続けた。

ルーンがふふっと笑う。

「随分と丸くなりましたねえ。これも聖獣の使命の内なんですかねー。今回の救援といい、出血大サービスですよ、これは」

「まあ、ルディス様みたいなすっごい方ですし、惚れちゃうのも無理ないですよ」

ネールがにやにやと笑った。

オルガルドは聞こえているのか、若干、面白くないような顔をする。それを見てネールは「図星っぽい」と呟いた。

「やめろ、ネール。あいつは真面目に治療をしているんだ。俺らも傷病人の治療を手伝うぞ……うん？」

この広場に、民衆の一団が入ってきた。手には農具やナイフなど、即席の武器が握られている。

「おい、お前ら！　お前らがあのスケルトンを連れてきたんだろ!?　お前らが来たから、王都がこんなことになったんだ！」

どうやら民衆の一部はまだ恐慌状態にあるようだ。いつまたスケルトンが現れるか分からないという不安に駆られているのだろう。

民衆達は難民の泊まるテントに近づき、破壊しようとする。

しかしすぐにユリアが立ちはだかった。

「やめてください！　彼らに何も罪はありません！」

「ゆ、ユリア殿下……」

民衆はユリアが出てきたことにたじろぐ。王族で、しかも皆民衆に寄り添う王女だと知っている。

だが民衆に混じっていた、少し身分の高そうな貴族が声を上げた。

「あなたがあの化け物どもを呼んだのでしょう⁉　王印も持たず、そのように魔物を侍らすなど！」

その声に、貴族の取り巻きと他の貴族も声を上げる。やがて、誰かは分からないが、石を投げだす者まで現れた。

俺は走って、それを防ごうとする。

だが、俺よりもはやく躍り出た者がいた。

「なっ⁉　せ、聖獣様！」

民衆達は目を疑った。

オルガルドが割って入り、投石からユリアを守ったのだ。

睨みを聞かせるオルガルドに、民衆はあたふたとする。

何せ聖獣は人々にとって信仰の対象だ。現にオルガルド達は、スケルトンから王都を救ったと思われている。それに石を投げつけるなど、誰が見ても恐れ多いことだ。もちろん、オルガルドの逞しい体には傷一つ付いてないが。

ユニコーン達が集まってくる中、オルガルドは俺を睨みつけた。

（どうした、オルガルド？）

（彼女を応援したいのだろう？　なら、お前も手を貸したらどうだ。それに、王都の人々をまとめる必要もある。お前のかつての名は、皆に耳を傾かせると思うが）

迷った。しかし、オルガルドに協力してくれと頼んだ以上、俺も今の状況で出来る限りのことをしなければ。俺の名でこの場が収まるのなら、安いものだ。

（分かった……）

俺は【思念】でオルガルドの声を演じることにした。民衆にこう宣告する。

（我はオルガルド。賢帝ルディスの命を受け、この王都に助力に参った）

各所から、「あの賢帝が？」と声を上げた。

（北よりこの王都を脅かす不死の者達が迫っている。今しがた、この王都の地下からも侵入を許した。だが、皆が落ち着いて結束すれば、この危機を乗り越えられる。皆、このユリアのように、困っている者達に手を貸してやってはくれまいか？　さすれば今回の件は、見逃そう）

民衆達は真面目な顔で頷いた。もうここにいる難民を責めたり、石を投げる者はいなかった。中には、ユリア達の活動に手を貸す者も現れる。

オルガルドはその様子を見て言った。

（これでしばらくは彼らも落ち着くであろう。だが……）

（ああ。根本を断たなければ、人々の恐怖は消えない。解決が長引けばまた同じことになる）

（うむ。我らも今日より、北へと睨みを利かせよう）

（助かる。オルガルドが北を見てくれるなら……俺は、この地下を調べてもいいか？）

（互いに手分けをしたほうが良さそうだな。我らの強みは、狭い場所ではなく広い平地で発揮される。北の平野は任せるといい）

（ありがとう。それじゃあ俺は明日にでも、早速地下を調べてみるよ）

（承知した。む？　意中の者がお前のもとに向かうようだぞ）

ユリアはオルガルドに頭を下げると、俺のほうに歩いてきた。

（……確かに彼女には期待しているが。その言い方はよしてくれ）

（ふっ。存外、人間らしいところもあるのだな。お前は人間ではなく、神々の一柱だと思っていたぞ）

（お前こそ……聖獣も笑うんだな）

俺はそう返してすぐに片膝をつく。

「殿下。すぐに飛び出せず、申し訳ありません」

「いいえ。石ぐらい、私だって跳ね返せます」

ユリアは小さく笑うと、腰の鞘に手を当てた。大量の魔力を供給する賢帝の剣があれば、風魔法で石を防ぐことなど造作もない。

それにユリアには、従魔であるブルードラゴンのラーンも付いている。

「ルディス。いつも、ありがとうございます。ずっとスケルトンと戦っていたようですね。先ほどは、穴を塞いだとか」

「ご存じでしたか」

「ええ。ここに避難してきた方が言っておりましたので。特徴からして、ルディスで間違いないと。さすが、ルディスですね」

ユリアは俺に微笑んだ。しかし、少し不安そうな顔をして続ける。

「しかし、何故王都にそんな穴が……まさか」

「まさか？」

俺はユリアの言葉に引っ掛かりを覚えた。

千年前、ここザール山は、大噴火を定期的に起こす大火山だった。噴火自体は、遠く東の帝都にいた俺から見えたものだ。その上にこの王都があるのを不思議に思い、俺も王都に来て図書館で本を調べた。

だが図書館では全くその情報がなかった。ユリアが選んでくれた王都の本には、検閲の跡が残っていたのだ。

だからユリアも知らないと思ったが……

「伝説……古代の帝国の伝説をまとめた本で読んだことがある。王国の本ではなかった内容よ」

やはりユリアは知っていたようだ。

思わず俺はやはりと声を上げそうになる。実は俺もそれが関係していると思ったんだと答えたくなった。でもそんな気持ちを抑え、俺は冒険者ルディスを演じなければいけない。

「伝説？」

「古代、このヴェストブルク王国のある、大陸中央の山脈を隔てた西側には人は住んでいなかった。いや、正確に言えば住めなかったのでしょう……ここには火山があったはずなのだから」

「この王国に火山が？　どこでしょう」

俺は素知らぬ顔で訊ねた。本当はそうだと言いたい――もどかしい気持ちだ。

ユリアは石畳に視線を落として口を開いた。

「ここヴェストシュタットの下よ」

「こ、ここが火山？　そんな場所に何故、首都を？」

「そうね、普通じゃそんな場所に誰も作らないわ……だから伝説なの。それに、この国が出来てからのこの国の史書、それに海外の史書には、もうここが火山あるという報告はないの。以前、あなたに見せた本に、王都が造られる様子に全く言及がないように。東の国々の本では、火山があったはずなのに、という話はいくらでもあるのだけどね」

「では、火山が消失したと？」

「それか、火山が噴火を止めたか。そもそも、ここではなく別の場所に火山があったか。でも、私はヴェストシュタットの戦いと関連があるのではと思っている」

よく調べていると俺は感心した。ヴェストシュタットの戦いで、このヴェストブルク王国の建国者ヴィンターボルトは、強力な火魔法で多数押し寄せた魔物を退けたという言い伝えのことだ。

上手く火山の噴火や溶岩を用いられれば、それこそどんな火魔法すらも凌駕するだろう。当然、膨大な魔力が必要になることには変わりはない。または、火を自在に操る魔物なら溶岩を操ることも出来るだろうが。

「ヴィンターボルトの使った火魔法……あれは、ヴィンターボルトが使ったんじゃなくて、この火山を利用したんじゃないかって」

「なるほど。ですが、それと穴に何の関係性が？」

「分からない……でも、地上にしたって、この王都は何かがおかしいのよ。人の手で作ったとは思えない城壁と、道。これだけの物を作る技術が、今の王国には全く継承されていない。そして火山であることを歴史から消し去った……ヴィンターボルトは、この山の下に何か秘密を隠してるんじゃないかってね」

その仮説はとても有力に思える。ヴィンターボルトは王国建国の功績を全て自分のものにするため、ここが火山であることや王都の成り立ちについて隠し事をしているのかもしれない。あそこまで図書館に置かれた本を検閲するぐらいだ。よっぽど何かやましいことでもあるのだろう。

ただこれは後世の自分の子孫の権威と統治の正統性を守ることに繋がる。王侯貴族なら別に珍しい話じゃない。

「私のような一国民には、ヴィンターボルト様の御心は計り知れません。ですが、確かに地下は気になりますね」

ユリアは頷き、「そこで」と言いかけたその時、

「あ、穴がまた現れた！　ここから東の広場だ！」

民衆の一人が叫ぶのが聞こえた。それから少しして、鐘が響く。

すでにオルガルドはその穴の方へ向かっている。

「殿下。まずは塞ぎに行ってきます」

「ええ。お願いします……」

俺はユリアに頭を下げ、東の広場に向かおうとした。しかし、ユリアが俺の腕をつかむ。

「……？　殿下、まだ何か？」

「い、いえ……ただ、無理はしないで。あなたを見ていると、自分を犠牲にすることが多いから」

ユリアの声に俺は少しはっとした。

俺が自らを犠牲にしているか。

思い返せば、そう言われてもおかしくない行動をしているのかもしれない。

一方のユリアは少し恥ずかしそうにこう続けた。

「と、とにかく、ちゃんとご飯を食べて、ちゃんと寝るのよ。あなたにはこれからも手伝ってほしいことがあるんだから、体を壊されたら困るわ」

「……お気遣いありがとうございます」

俺は心配そうなユリアの顔のユリアに頭を下げると、東へと走った。

同行するルーンがにやにやと言う。

「なーんか、いい雰囲気でしたねー！」

「ねー！　何話してたんだろー。マリナも気になるよね？」

「ええ、とっても気になります！」

ネールとマリナもそんなことを言ってきた。

本人達はおふざけのつもりだろうが、俺の心中は複雑だ。

こんな状況だから……ということはあまり気にしてない。オルガルドやユニコーンであれば、すぐに鎮圧してくれるだろう。

だが、犠牲という言葉に、俺はかつて死を選んだことを思い出したのだ。

俺は人々の帝政への怒りを鎮めるため、そして皇帝ではなく民衆が政治の中心となる世を実現するため、自らを犠牲にした。

結果として、帝国はいい方向へ向かったのだと思う。五百年の平和を実現したのだ。

しかしそれは、俺と従魔達にとって幸せだったのだろうか。

一概には言えないが、残念ながら幸せな結末だったとは言えない従魔のことを俺は知った。エルペン周辺で俺の剣と従魔の誓いを守るため、自分をアンデッドにして洞窟に閉じ込めたギラスは最後まで辛かったはずだ。

もし他にギラスのような従魔がいたら——俺はその結末を知りたい。俺に力を貸してくれた仲間の最後を、知っておきたいんだ。だからこそ俺は世界を冒険することで、従魔達の足跡を辿れればと思っている。

俺はそんなことを考えながらスケルトンの出てくる穴を塞ぎに向かうのだった。

向かった時には、すでにオルガルドがスケルトンを掃討しており、他の冒険者と王都の住民が穴を塞いでいた。

一件落着と思いきや、その後も穴は定期的に現われ続けた。

俺達は一晩中、この対応に追われることになる。

さすがにこのままでは冒険者達が疲弊すると考えたギルドは、王宮に助けを求めた。しかしヴェストブルクの王族達は逆に王都の兵のほとんどを王宮へと配置替えし、王都の治安維持と防衛をほとんど冒険者とオルガルド達に任せることにする。

ギルドは王には逆らえないと、冒険者達を交代で休ませ、王都の防衛に当たらせたのだった。

二章

王都の謎

その次の日のもう日が暮れるという頃まで、俺達は王都を駆け回っていた。なかなか人気のない時間がなく、穴へと入れない時間が続いていたのだ。

穴の出現が突発的だったのも影響しているのかもしれない。地下から魔力が迫ってきているのを感知し次第、その方向へと向かうのだが、いかんせん路地が入り組み、建物が多く先回り出来ないのだ。

また良いことか悪いことか、すでに出現する穴も減ってきた。このまま落ち着く可能性もありそうだ。

しかも、一番心配していた王都の外からの攻撃は、今のところ気配がない。内と外からの挟撃を狙って内側の者達が王都に出てきたと思ったが……

「ルディス様。一旦、休みましょう。ギルドの職員が、私達も休んでいいと言ってました」

ルーンが俺にそう言った。

ネールも疲れたような様子で言う。

「これじゃモグラを叩いているような感じですよ！　穴に入ればいいのに！」

「皆、発見次第すぐに塞ごうとするからな……そろそろ強引にでも、入ってみるか？」

防衛自体は上手く出来ている。オルガルドらユニコーン達はあまり疲労を感じないので、数日は動けると言っていた。

この様子なら地上はもう大丈夫そうだ。そろそろ強引に穴へと入るか。周囲の人間には幻覚魔法をかければ見られずに済むだろう。

だがそんなとき、後ろから聞き覚えのある声が響いた。

「やっ、ルディス！　久しぶり！」

いたのは長いブラウンの髪を後ろで結わいたエイリスと、重厚な赤い鎧に身を包んだ赤髪のカッセルだった。その隣にはノールもいる。

手を振るエイリスに、俺は歩み寄る。

「エイリスさん！　カッセルさん！　エルペンから来たんですね！」

「ええ。ノールに呼ばれて、これは金稼ぎのチャンスだって！」

エイリスは明るく言うが、カッセルの顔は深刻そうだ。

「とてもじゃないが、金云々言ってられるような状態ではなさそうだぞ……」

「まあそりゃそうだけど。本当のところは、ノールがあんまりこれは大変だって言うからね」

ノールがそれに答える。

「これでその意味が分かったでしょう？　しかも状況は刻一刻と悪くなってきている。次またどこに穴が出てくるかも分からないし、外のスケルトンと挟撃でもされたら、今の王都じゃ」

ノールの言う通り、王族は何故か衛兵のほとんどを王宮付近へと配置替えしてしまった。自分達の命が惜しいのだろうが、これでは王都の城壁は守れない。

それを聞いたエイリスが言う。

「エルペンの他の冒険者にも当たってみたわ。あの領主が熱心に衛兵を警備させているから、あっちは今のところ余裕があるのよね。だから、十人以上こっちに来てくれるって」

「ありがたい話ですね」

そう言ったが、十人増えたところでは、あの長大な城壁を守るのは難しい。

ここは俺の従魔の力も借りなければいけない。アーロンがすでにこのことを知っているし、すでに伝書花で増援を依頼したが、足の速い者だけでも急行してもらうよう伝えるとしよう。

俺は早速【思念】で宿に待機させていたヘルハウンド達に里から増援を頼むよう向かわせた。

そして俺はこのまま地下へ……

しかしエイリスが俺の肩をぽんと叩く。

「他の冒険者から聞いているわよ。寝てないんですって？　昨夜から働いていた他の冒険者はもう休んでいるのに。あとは私達に任せておきなさい」

「で、でも」

ノールも真面目な顔で言う。

「休むのも仕事よ。これは予想以上に長丁場になるわ。体を休めつつじゃないと、とても体が持たないわ」

カッセルもうんうんと頷く。

「俺達は馬車でずっと寝てきたところだ。体力もある。それに、あの聖獣達が味方してくれるのだから心強い」

カッセルはオルガルドに目を向けた。

オルガルドもまた、頷くような仕草をしている。

（オルガルド……いいのか？）

（我らは一か月寝ないで草原を駆けることもある。上手く防げているし、王都の外を見張らせる余裕もあるぐらいだ。また東にいる一族の者達にも応援を要請してある。任せておけ）

（悪いな……それじゃあ少し休んでくる）

（ああ。なんなら一週間休んでもいい。人間はそれぐらい休むと聞く）

（いや、それは休みすぎだ……どこで聞いたんだ。まあ、とにかく頼んだ）

俺はオルガルドにそう言うと、ノール達にも礼を言ってから宿に向かうことにした。

別に寝ようとは思っていない。まあ、寝たほうがいいのだろう……ユリアも言ったように、あまり無理は良くない。エイリスの言う通り、長期戦になる可能性もある。休息は必要だ。

それに俺は今、作戦を練りたい。王都の地下が火山だとして、もし何か罠が張り巡らされていたら、王都全体に危険が及ぶ。

だから慎重に行きたい……それには、やはり最高の戦力である俺達が分担して対応する必要がありそうだ。

俺はルーン達に振り返り言った。

「皆、悪いんだが、俺の話を聞いてくれるか？　……うん？」

ルーンは俺の後ろを見て驚くような顔をしていた。一方のネールはおおと手を振っている。マリナは二人の様子を見て首を傾げた。

「俺の後ろで誰か……いや、この魔力は」

【隠密】を使い誰かが近寄ってきたようだ。その上で魔力を隠蔽していたのだろう。しかし、その膨大な魔力はとても隠せるものじゃない。

俺が注意を向けると、そこには一人の少女が立っていた。長い赤髪を伸ばし、黒い宝石があしらわれた黒いドレスを着た、どこからどう見ても人間の女の子だった。

幾何学的な文様が刻まれた髪飾りはこの王国の様式とは明らかに異なっているが、王族のような品の高さを感じさせる。

女の子は赤い瞳を俺に向け、口をすぼめた。

「あーあ。見つかっちゃった。もう少しで、ルディスの背中をタッチ出来たのに！　ネールとルーンのせいだ！」

女の子はぷすっと頬を膨らませた。

ネールがごめんなさいと頭を下げる一方、ルーンは警戒するように女の子を凝視する。

だが女の子はそんなことも気にせず、軽い足取りで俺の前にやってくる。

「やあ、ルディス！　元気してた⁉」

「……マナーフ」

この人間の女の子のように見える者は、かつて皇帝時代の俺と争った魔王マナーフだ。普段は悪魔のような翼と尾を生やしているが、魔法でそれを隠しているようだ。

魔法の腕は俺と互角……いや、魔法の種類だけでいえば、俺のほうが多く扱える。

だが、それは俺が魔法を学んでいたからで、マナーフはそもそも魔法を学習しようとはしなかったというだけ。純粋な魔力の量だけで、マナーフは低位魔法を高位魔法のように行使出来るのだ。

俺は会話を聞かれないよう皆に【隠密】をかける。

マナーフはそんな俺を見て、怪しむようにじろじろと見るとゆっくりと小さな口を開く。

「……髭、剃った？」

「いや、前も髭は生やしてなかっただろ……」

「そうだっけ？　あ、そっちはルーンね。おひさー！」

マナーフはルーンに手を振った。

「何が、おひさーですか。私達魔物からすれば、たいした時間じゃないでしょう。というかネール。知っていたなら……」

「ごめんなさい！　でも、まぉ……マナーフ様が秘密にしてくれって言うんで」

ネールにマナーフは頷く。

「そのほうがルディスの驚く顔、見れるかなって！」

「十分驚いたよ……俺の教えた【隠密】の魔法。前よりも上手くなったみたいだな」

俺が言うと、マナーフは「そうでしょー！」と嬉しそうにはしゃぐ。

「それより、マナーフ。どうしてまたここに」

「いやだって、ルディスが復活したなんて、それ以上面白いことないじゃん！　それにネールが色々連絡してくれてたしね」

「魔王様！　そ、それは！」

ネールは焦ったように言った。

恐らくだが、ネールは俺達には内緒で、こちらの動きをマナーフに報せていたのだろう。ネールには俺達から離れ自由に行動する時間があった。前も本人がぽつりと漏らしていたが、王都周辺を飛んでいたと言っていたし、何らかの手段でマナーフに連絡していたのだ。俺も別にそれを制限するつもりはなかった。

だからこの行動は織り込み済みだし、何の問題もない。

だが、人質とはいえ俺の従魔になったネールを、ルーンは鋭く睨む。

ネールはすぐにルーンと俺に頭を下げた。

「ご、ごめんなさい！　だけど、ルディス様と魔王様が一緒になれば、色々いいかなって思って！ルディス様のためになるかなって！」

「ネール……気にするな。マナーフに軍団のことを伝えてくれていたんだろう。この前のファリア周辺のこと、そして王都のことも。マナーフもそれを聞いて来た……そうだな？」

俺が視線を向けると、マナーフは真顔で首を横に振る。

「え？　私はただ、ルディスになんか甘いものをおごってもらおうと思って来ただけだよ！　人間の国の食べ物、しばらく食べてなかったし！」

それを聞いたルーンがネールをどこかに連れて行こうとするので、俺はすぐに口を開く。

「まあ待て、ルーン。マナーフが甘党なのは前からだ。そしていつも難しい話をする前、何か甘いものを要求してくる。そもそもネールの姉のサキュバス達に、協定について確認するよう言ったのは俺だしな」

ネールは魔王軍も軍団に手を焼いていると言っていた。それに魔王軍の領土は北にある。北から進出する軍団をどうにかしたいのは、俺達と同じはずだ。

「そうだっけー？」

だがそれでもマナーフはきょとんとした様子で首を傾げた。甘いものを欲しがっているのはまあ、嘘じゃないようだな。

「……まあ、立ち話もなんだ。俺達も食事を摂りたい。近くの茶店にでも入るか」

「うん！　それがいい！　そうしよう！」

俺達は近くの茶店へと入ることにした。

王都大通り沿いにある茶店、その外のテラス席に俺達は案内される。

マナーフは護衛として、ネールの姉達を数名程連れてきていたようだ。店の内外に、目を光らせて立っている女性達がいる。もちろん、ネール同様人の姿をして。

マナーフはメニュー表に目を輝かせ、まるで呪文のように菓子類の名を上げていた。

「……アイスクリーム、チョコレートパフェ……あ、あとこのクッキーとキャンディーの山盛りも！」

すでに十種類以上の菓子を注文するマナーフに、茶店の給仕の女性は困惑するような顔で、注文を確認する。

それが終わると、給仕は心配そうな顔で俺を見た。

「え、えっと……保護者の方ですよね？　こんなに大丈夫ですか？　うちのお菓子、結構量がありますよ？」

困った顔をするのも無理はないが、俺が知るマナーフならこれぐらいはぺろりと平らげてしまう。

「僕達も食べますので……必ず残しません。今の注文で、お願い出来ますか？」

しかし尚もやめといたほうがと言う給仕に、俺は大丈夫と思わせる幻覚魔法をかけた。

「か、かしこまりました」

給仕は不安そうな顔をしながらも、店の奥に消えていった。

そりゃ四人で食べる量じゃないもんな。十人、いや二十人いたって食べられるか分からない。

まあ、マナーフにとっては、本当におやつでしかない量だろうが……

マナーフは最初に出された水の入った杯を飲み干すと、俺に言った。

「改めて久しぶり、ルディス。というか、どうやって復活したの!?　また私の知らない魔法？」

「いや、魔法じゃない。そもそも俺は、自分で復活したわけじゃないんだ……」

前世の死ぬ直前、復活したいという願望が心のどこかにあったのかもしれない……それは否定しない。

だが、違う。俺の心がそれは断じて違うと言っているのだ。

「ふーん。それにしても……私の部下がいろいろお世話になったみたいね、ルディス？」

先程まで可愛らしい雰囲気だったマナーフは、ちょっと怖そうな顔で俺を睨んだ。

すると、ネールがあわてて割って入る。

「ま、魔王様。それは前にも連絡しましたが、元々、私やお姉さま達がルディス様に失礼なことを言ってしまったからで……むしろ、私はルディィス様に良くしてもらっています」

ネールは逐一、俺の場所を魔王に報告していた。

その時に、俺達のことを悪くは言ってなかったようだ。

「え？　そりゃ知ってるよ。だから、お世話になったって」

「え？　そ、そういうお世話でしたか。私はてっきり私達がいじめられたと、魔王様は怒られているのではと」

「ルディィスはそんなことしないょ……そんなことじゃなくて、ルディィスに借りをつくっちゃったなあって、不安に思ってるんだよ」

マナーフは面倒くさそうな顔で俺を見た。

どうやら、マナーフは俺から何かを要求されるのを気にしてるようだ。

俺は首を横に振って答える。

「別に、俺はネール達のことでマナーフになんか頼もうなんて思ってないょ」

「本当に？　また、あの長い呪文みたいな……魔帝条約みたいな難しいのは嫌だよ」

さらに疑うようにマナーフは言った。

マナーフは条約とか難しい言葉が嫌いで、どうしようもなく面倒に思っているのだろう。協定締結の時も、それは眠そうにあくびをしながら、条文に目を通していた。

「大丈夫だ。俺は単純に、この時代でも人と魔王軍が争ってほしくないと思っただけだ」

「だけど、実はもう争っちゃってるんだよね」

「それは聞いている。軍団によって、南へと勢力を拡大してるんだろう?」

「半分正解、半分間違いってところかな。私達は、南にあった自分達の土地を取り戻しているだけ。五百年前、私達が住んでいる場所に、最初に入ってきたのは人間だよ?」

先程まで機嫌のよかったマナーフだが、急に冷めたような顔になる。

マナーフは条約が嫌いだと言った。

しかし俺が条約とは約束と同じだと教えると、マナーフは納得してくれた。約束は絶対に守らなければいけないものだとも、彼女はかつて言っていた。

だが五百年前、帝国は滅びた。それから人間は、北部へと勢力圏を拡大していったのだろう。帝国は滅びたのだから、帝国の条約を守る者は誰もいない。

「なるほど。人間がマナーフ達の土地を奪ったのが最初だったんだな?」

「そういうこと。人間は約束破っちゃうんだなぁって。でも、部下に教えられたの。攻めてきた人間は、帝国の人間じゃないって。帝国は滅びたから、彼らは約束に従わないんだって。ならこっちもも守る必要ない。だからやり返した。駄目だったかな?」

「いや、それは正当防衛だ……いや、お前達は何も悪くない」

俺は首を横に振った。

そもそも魔帝条約が帝国と魔王軍の条約である以上、厳密にいえば誰も約束は破ってない。

マナーフもそれは分かっているようで、俺を責めるようなことは言わなかった。

お菓子を頬張りながらマナーフは呟く。

「やっぱ？　ちょうどそれぐらいからだねえ、あのお骨さん達がやってきたのは」

「そうだったか。マナーフ、その北からやってくる軍団について協力出来ないだろうか？　この王都にも軍団が迫っているのは、ネールから聞いているだろう？」

「うん、聞いているよ。私達も軍団には困っていた！　協力はもちろんするよ！」

マナーフは素直にそう言った。

以前ネールと他のサキュバス達は、魔王軍が軍団に困っていることを隠したがっていたが、あれは弱みを見せたくなかったのだろう。

俺とマナーフが仲良く会話しているおかげか、今まで俺の行動を密告してたネールはほっとする。

俺も安心した。マナーフは俺が皇帝だった時と、ちっとも変わってなかった。

俺が理解のある魔物を敵視してないように、マナーフも人間全てを敵視しているわけじゃない。

だからこそ、条約を結ぶことが出来たんだ。

「そうか……それはよかった。とてもじゃないが、俺達だけでどうにかなる問題じゃないからな」

俺が呟くと、マナーフも頷く。

「だねえ。あれは、ちょっと数が多すぎかな。私も戦ったけど、あとからあとから出てきて……正直、ルディスと戦っていた時よりも、手ごわかったし、しつこかった！」

マナーフが言うと、ルーンがこほんと咳を払った。しつこいとか、俺より強いという発言に失礼じゃないか、とルーンは言いたかったのだろう。

だがマナーフが倒しきれなかったのか……やはり、相当な数ということだな。

だからこそ、これだけ北に広がっているのだろう。きっと北に、軍団の召喚者が住んでいて、それがマナーフを困らせるほどのアンデッドを召喚しているのかもしれない。

逆に言うと、マナーフ達魔王軍が北部で軍団と戦ってくれていたおかげで、その南下が遅らされていたのだろう。

ネールはすかさず俺に頭を下げる。

「ご、ごめんなさい、先輩。それにルディス様。魔王様は、ちょっとデリカシーというか」

「いや、ネール。気にするな。マナーフは正直な子だ」

マナーフは面倒くさそうな顔で続ける。

「とにかく、さすがの私も飽きちゃった。お腹いっぱいになった感じ。人間より多いんじゃないかってぐらい」

「そんなにか……数は分かるか?」

「うーん……ネール分かる?」

マナーフが訊ねると、ネールが代わりに説明する。

「お姉さま方の話だと、数十万……それ以上と話してましたね。人だけでなく、ドラゴンのスケルトンも空を覆うほどいるだとか」

「それは一部分を見ての話か?」

「はい……北の大きめの平原での話です。その他の場所にも、当然いると思いますし、更に北からは波のように押しかけてきていた、とのことで」

「見えない場所を考えると、億以上と見てもいいかもしれないな……」

たしかにマナーフでも手に余るわけだ。

何千年、何万年の間にこの世を去った生き物達……それを使って軍団を構成してるのだろうか。

であるなら例え俺とマナーフ、その配下が力を合わせても、倒すのは困難だろう。

正面から戦うのは難しい……なら。

「根源……彼らを操る頭を潰す……それしかない」

ネールが言う。

「司令官ってことですよね。でもそれは、私達の姉様も調べていたのですが……」

「見つからない……それでも、見つけるしか手はない……」

そうは言っても、という顔をネールはした。

たしかに雲をつかむような話……だけど、手掛かりは全くないわけじゃない。

「ルーン達はすでに気づいていると思うが、王都の街中に現れている穴から出てきたスケルトン。やつらは軍団と無関係じゃないと思っている」

ルーンが頷く。

「同じアンデッドですし、狙ったように現れましたからね。しかも装備もほぼ同じ」

「ああ。彼らが王都の地下まで掘って……」

俺が言うと、マリナが難しそうな顔をする。

「そうなると、とてつもなく時間がかかりそうですが……」

「ああ。しかも、この王都の北で坑道を掘っている跡は見られなかった。しかも、あそこまで統率が取れているのなら、外からも一斉に攻撃を加えてくるはず。この微妙なずれが気になる」

繋がりはあるが、司令塔が違うのでは……そんなことを俺に感じさせた。

「ともかく、坑道を探れば分かると思う……マナーフ。今は忙しいか？」

「ううん。今はむしろ、私の城のほうも安定しているよ。新しく山脈に囲まれた場所につくったし、そもそも最近は急いで南下するスケルトンも多いからね」

「急いで？　今までは急いでなかったのか？」

「うん。そもそもスケルトンって走るのが苦手でしょう？　走っていたら足の骨が砕けたりするから、あまり走らない。それなのに、急いで歩けなくなったスケルトンが最近多いみたいなんだよね」

マナーフの言葉を補足するようにネールが口を開く。

「お姉さまが言っていた落伍者の話ですね。一時は軍団の戦力に余裕がなくなったからそうしてると思いましたけど、後続は途切れないようで。走って行軍する姿も、最近はよく見られるようです」

「この王都を早く落としたいのか……ふむ」

どうして急ぐのかは分からない。しかし俺達はそれを阻止するだけだ。

「マナーフ。それなら今、少し手伝ってくれないか？」

「お手伝い？　どうするの？」

「俺達はこの王都に開いた穴を調べたい。それが王都の外に繋がっているか、それともさらに地下に続いているかは分からないが、王都を保全してほしいんだ」

首を傾げるマナーフに、ネールが俺に言った。

「王都が崩れないように、ってことですよね？」

「ああ。地下でとんでもない魔法が発動したら、この王都がどうなるか分からない。だから、そうならないようにしてほしいんだ」

俺の言葉に、マナーフはふーんと興味なさそうに言った。

「それって、ここの人間を助けるってことだよね？　別に軍団倒すだけなら、王都なんてどうなったっていいじゃん？　崩れたって、ルディスの魔法なら抜け出せるだろうし」

その冷たい物言いに、ネールが少し声を荒げた。

「ま、魔王様！　そんな冷たく言わなくたって」

「冷たい？　ネール。私だって馬鹿じゃないよ。私達が軍団を滅ぼしたとして、次に脅威になるのは間違いなく人間。あなたが生まれてからはそうでもなかったかもしれないけど、人間が北に来て私達の住む場所を奪って、仲間に何をしたかは知ってるでしょ？」

軍団を滅ぼせば、また人間は北に勢力を伸ばし始める。魔王軍にとっては、敵が軍団から人間に代わるだけだ。

「そ、それは……確かに」

「だから、別に人間のことなんてどうだっていい。そうでしょ？」

「そ、そんなことは……だって、ルディス様のような方もいますし。他にも、いい人は……」

「そりゃルディスは特別だもん。私もルディスと一緒に北で軍団を倒すなら、いくらでも協力するよ。

でも、別の人間を助けるためなら、話は違う」

マナーフは先程とは一転、真面目な顔で言った。

俺もマナーフの言葉に、いい反論が思いつかなかった。俺の治世で、帝国は魔帝協定に基づき魔王軍とは争わなかった。マナーフもこの協定を守っていたから長らく帝国と争いは起きなかったはずだ。

しかし帝国が滅び、国が分かれると、人間は再び魔王軍の土地を脅かした。長い時を生きるマナーフにとっては、人間とは約束を簡単に違え、態度をころころ変える生き物に見えているはずだ。

さらにマナーフは、ネールに追い打ちをかけるように言った。

「ネール、手紙を見ていても思ったんだけど。なーんかネール、おかしくない？　人間の生活って意外に面白いだとか、いい人間がいるとか……一体自分が何者だったか、思い出してよ」

マナーフはそう言って、ネールを凝視する。

「そもそもあなたが私に意見するなんて……本当は許されることじゃないんだよ？」

ネールはびくりと体を震わせた。

「待て、マナーフ、ネールはただ」

俺が言いかけると、ルーンが突如呆れたように呟く。

「あーあ。これだからやっぱり魔王ってのは駄目なんですよね。ルディス様とは、やっぱり指導者の格が何倍も違う。ルディス様なら、そんな些細なこと気にしませんもん……ネール。あなたはもうルディス様の従魔。もし魔王があなたを罰しようとするなら、私達が守ります」

ルーンは鋭い視線をマナーフに向けた。すでにルーンは、ネールを従魔の一員として思っていたようだ。

「大丈夫。決してルディス様の従魔に手は出させません。それに、ネールは私の友人ですし」

ルーンの言葉にネールは目を潤ませる。

「せ、先輩……」

「……へえ。ルーンは私と戦うつもりなんだー。でも、スライムのあなたに私を倒せるの？」

マナーフはそう言って不敵に笑った。

「何を勘違いしているのか知りませんが、魔王なんて私の敵じゃありませんよ？　魔法の技術も知識も、私のほうが何倍も上手なんですから」

マナーフに断固として答えるルーンの袖を、マリナがちょっとと引く。

マリナは俺の言葉もなしに何を勝手にと思っているのだろう。

さっきまでは協調的だったマナーフだったが、人間のこととなると途端に気を悪くしだした。

ルーンはさらにマナーフに言った。

「しかも、運よく私を倒せたとしても、私だけじゃありませんよ。従魔の結束は固い。私以外の従魔も、あなたと戦います」

「ちょ、ちょっと、先輩！　さ、さすがに言いすぎですよ！　魔王様も、落ち着いて！」

ネールが止めに入るが、ルーンとマナーフの視線は互いを睨んで離さない。

ネールとマリナはもうどうしたらいいか分からないというような顔をしている。

俺にとってもネールは大事な仲間だ。かといって、マナーフも大事な友人だ。

俺は双方に向かって言う。

「ネール、マナーフはお前を傷つけたりしない。マナーフも落ち着いてくれ。そもそも俺がネールに人間社会を知ってもらおうと、同行させていたんだ。彼女は悪くない。ありのままを述べているだけだ」

「ありのままねえ。まあ、人間が一枚岩でないことは知ってるけど。でも、いい人もいるから助けようだなんて、そうは思えないかなあ」

マナーフの言うことは正論だ。

だから、ちゃんと魔王軍のためになることを、俺が説明しなければいけない。

「もっともだ……でも、ここの人々を救ってほしいのには理由があるんだ。それはお前達魔王軍のためにもなるからだ」

「どういうふうに？」

「この王国の王族に……類まれな人物がいる。魔物とも手を組める人物だ。彼女なら、かつて俺とお前が交わした魔帝条約のように互いをもっと尊重……いや、もっと仲良く出来るかもしれない」

「つまりは、ルディスみたいな人ってこと？」

「ああ。実際に、俺の従魔達とも手を組んでくれることになった人物だ。そして俺と同じ、魔物を従える帝印を持っている……自分の利益のために争ったりしない、自分ではなく民のことを一番に考える子なんだ」

「ふーん。それは確かに面白そうな子だね」

「面白い。実際に近くで見てほしいぐらいの子だ。だが今は……」

俺は頭を下げた。

「マナーフ……どうか俺に力を貸してくれないか。決して後悔はさせない」

「いいよ！」

マナーフは直前までの険悪な空気が嘘だったかのように、けろっと言ってのけた。

「マナーフ……」

俺が言うと、マナーフはうんと頷く。

「ルディス……正直に言うけどさ、私はやっぱり人間が嫌いなんだ。だってルディスを殺しちゃったんだから。私の友達のルディスを……それに皆のためにあんなに頑張っていたのに。だから、やっぱり信用出来ない」

マナーフが人間を信用出来ない理由は俺にあったようだ。

だが、とマナーフは続ける。

「そんなにルディスが期待する子、死なせるわけにいかないじゃん。何より、ルディスのお願いだしね」

マナーフは少し恥ずかしそうに頬を染めると、「それにここのお菓子美味しいし、この街はあったほうがいい」と付け加えた。

「ありがとう、マナーフ。絶対に手伝って失敗だったとは言わせない」

「うん、約束だよ」

マナーフは俺に小さな手を差し出し、かつて俺が教えた握手をした。俺はその手をぎゅっと握るのだった。

これを見たネールとマリナはほっとした様子になる。

俺も安心したせいか、ようやく茶に口をつけた。

しかしマナーフは何かに気が付いたように、はっとした顔になる。

「あ、ネールは渡さないからね！　そうだなあ……ルディスの妻ということで、同行を許可します！　だから、ルディスはネールを守ること、大事にすること！　それも今回の協力の条件！」

俺は思わず茶を吹き出しそうになる。

「つ、妻⁉　そんな言葉、どこで覚えたんだ⁉」

「え？　ネールが手紙でそんなこと言ってたよ。私がルディス様の妻になれば、魔王軍とルディス様の従魔の関係もより強固になるって」

マナーフの言葉に、ネールは顔を真っ赤にしてあたふたとし始めた。

「違う！　違うんです！　私はただ！　ええいっ……こうなったらもう……」

ネールは俺の前で頭を下げる。

「ルディス様！　私を妻に迎えてください！　魔王様もお許しくださったことですし！」

俺はとっさに落ち着けと答えようとした。しかし、ルーンが怒り心頭の顔で応える。

「そんな条件、呑めるわけないでしょう！　側室ならまだしも、正妻はこの私……従魔を代表して、反対します！　この交渉は決裂！　決裂です！」

「いや、交渉成立です！　もう後には引けない！　そうでしょう、ルディス様!?」

興奮するネール達を俺は何とか落ち着かせようとした。

だが、「あなたがルディス様の妻などあり得ない！」とすかさず返した。一方のマナーフはお菓子をばりばり食べて、もてもてだねえと呟く。

ともかくマナーフは協力してくれるらしい。それは良かった……しかし今度はルーンとネールが言い争いに。そこにマリナも私もと加わってしまう。

全く……悪いが俺は結婚をするつもりはない。家族を持てば、色々と行動に制限がかかる。

まあそれはともかく、マナーフが力を貸してくれるのは大きい。マナーフほどの魔法の使い手なら、噴火や地揺れを止められる。

もともとアヴェルら従魔の到着を待ち、地下へ潜るつもりだった。従魔の誰を地上に残すかも含め作戦を練るつもりだったが、これなら地上はマナーフに任せ俺は地下探索に専念出来そうだ。

明日にでも地下へ向かい、この王都にどうやってスケルトンが入ってきたのかを探るとしよう。そして必ずこれ以上のスケルトンの侵入を止める。

問題はどの穴から、どういうふうに入るかだな。魔法で気配を消しこっそり入るのは当然として、周囲の人達の目は幻覚魔法で誤魔化すか。

あまり幻覚魔法を使いたくはないが今はそうも言ってられない。明日強引にでも、穴へ向かおう。

俺はマナーフに再び「頼む」と告げると茶店を後にし、宿で休むことにした。

その夜は意外にも静かだった。いつもは誰が俺と一緒に寝るかで口論し、先程はあれほど言い争っていたルーン達だが、今日は状況が状況だけに気遣ってくれたようだ。

ルーンとマリナはスライムの姿となると、俺の体を静かに揉み解してくれた。一方のネールも部屋を火魔法で暖めてくれている。

皆俺がゆっくり寝られるようにしてくれてるのだろう。

でもやることが決まっているときはなかなか寝れない。前世の俺もそうだった。作戦があるならすぐにそれを実行したい、と気が逸るのだ。

それに気づいたのか、マリナが声を掛けてくる。

「ルディス様、揉む力が強すぎましたか？」

「まさか……とても気持ちいいよ。ただ、どうしてもな」

俺が答えるとルーンがマリナに言う。

「ルディス様は責任感のお強い人ですから、ご自身よりも他者のことを考えてしまうのですよ」

ルーンの言う通り、王国の人々が心配だ。本当は今すぐにでも宿を出て、穴へ向かいたい。

「でも、あのオルガルドもマナーフも手を貸してくれます。だから今はゆっくりお休みください、ルディス様」

「ああ、そのつもりだ」

俺はルーンに笑顔を返すと、再び目を閉じた。

だがそれでも寝付けないのは、逆にルーン達がいつもと違い静かだからだろうか。

いや恐らくは軍団を指揮する者達の顔がはっきりとしないのが問題なのだろう。軍団の主は俺の従魔フィオーレなのかもしれない——そんな不安がずっと頭によぎっている。

ファリアの北で、俺は何者かが従魔達の集まりであるマスティマ騎士団を招集していることを知った。フィオーレが他の従魔達を集め、人間を襲おうと持ち掛けた……その可能性は捨てきれない。

「ルディス様……」

目を閉じていると、ルーンの声が響いた。

「なんだ、ルーン？　うおっ？」

突如ルーンが俺の頭の下に潜り込んできた。ひんやりとぷにぷにとした感触のものが、俺の頭を包む。

「ルディス様にはこのルーンが付いてます。もうお一人で悩まないでください」

すると、もう一つぷにぷにとしたものが、俺の手を包んだ。

「マリナも一緒です。ルディス様」

「そうそう。私達あまり頭は良くないですけど、ルディス様のためならなんでもしますよ」

ネールもそう言って、俺の頭を撫でてくれた。

「皆……ありがとう」

俺がそう言うと、皆小さな笑い声を漏らす。

しかしすぐに、ルーンが「ちょっと待ってください。私達ってどういうことですか」と思い出したように呟いた。頭が良くないですけどというネールの言葉に引っ掛りを覚えたらしい。

それからルーンはネールに説教を始め、二人は口論になる。

俺はそれを聞いてどこか安心すると、深い眠りにつくのだった。


おかげですっきりとした目覚めを迎えられた。

「皆、おはよう……すまないな」

ルーン達はおはようございますと元気に返してくれた。

まだ陽が昇って間もないのを窓から確認すると、俺はルーンに訊ねる。

「俺が寝ている間、何か動きはあったか？」

「待機させていたヘルハウンド達に王都市街を巡回させて、情報を探らせてました。特に大きな事件はなかったようですね。穴が二つ三つ現れた程度と言っていました。オルガルドの話では、死者はいないそうです」

ルーンの言葉に、俺は部屋の窓から王都を見渡した。声を上げる者もなく、火災なども起きていない。街の人達は襲われるのを恐れているのか、通りには巡回の冒険者がほとんどだった。

「そうか。一応は、街も落ち着きを取り戻したように見えるな」

だが油断は出来ない。早速、今日は穴を調べに行くとしよう。そして完全に、王都へのスケルトンの侵入を止める。

しかし突如、ドアがこんこんと鳴る。ルーン達はすぐに人の姿へと戻った。

この魔力の剣は……ユリアか。護衛のロストンも一緒のようだ。

「どうぞ」

俺がそう言うと、やはり扉の向こうにいたのはユリアだった。

「ルディス、皆、そのままで大丈夫よ」

ユリアはそう言うが、俺は立礼した。

「このような格好で……失礼しました」

「いいえ、こちらこそ急に訪ねてごめんなさい。起こしちゃったかしら？」

「いえ、今起きたところです。それよりどうされましたか？」

ユリアがこんな時間に急ぎで来るぐらいだ。重要な問題なのだろう。

「ルディス。昨日の話なのですが」

「地下の穴と火山のことですね。私も冒険者として気になっていました。出来れば、調べたいとも」

「そうでしたか。私のほうからもお願いしたいと思っていたのです。実は……」

ユリアは周囲をきょろきょろと周囲を見回す。窓の外や廊下を気にしてるようだ。

ロストンが答える。

「殿下。両隣の部屋には誰もいないと確認済みです」

その言葉通り、俺達の隣の部屋には誰もいない。他には聞かれたくない話のようだ。

しかし穴の話など、そんな人払いする話だろうか。

ユリアはロストンに頷くと、俺に向かって口を開いた。

「ルディス。王宮の様子がおかしいの」

「王宮の？　それはどういうことでしょう？」

「深夜遅く、冒険者ギルドの職員達が王宮に向かったの。穴の調査を願い出るために」

「……？　それはつまり、ギルドが勝手に捜索してはいけないのですか？」

「ええ。この王都には、建築と土木作業に厳しい決まりがあるの。掘削の禁止とかね。そのせいで、一度塞いだ穴を掘り返すには王宮からの許可が必要」

「なるほど。山が崩れたら危険だからでしょうか」

「もちろんそうでしょう。でも考えてみて。こんな状態で、アンデッドが地下にいるのに、調査の許可も出さないなんて」

「確かにおかしいですね。すぐにでも原因を突き止めたいはず。どこから繋がっているか分かれば、これ以上、スケルトンが王都に侵入するのを阻止出来るのかもしれないのに」

それに今までの王族達の対応を見るに、冒険者ならいくらでも犠牲を出していいからこれ以上の穴の出現を防げと言いそうだが。現に、衛兵のほとんどを王宮に配置し、冒険者にアンデッドへの対応をさせているのだから。

「そうでしょう。そうでなくたって、入り口付近を調べるだけでも何か分かるかもしれないわ。だから、私は門前払いになった職員を伴って、王宮に入ろうとしたの。陛下……父に直々にお願いしようと」

だけど、とユリアは続ける。

「王宮への出入りを拒否されたの。私は王族から嫌われていたけど、こんなことは初めて。それにこんな状態なのに、王族や貴族が誰も王宮から出てこない。聞けば自分も戦うっていう武闘派もいるのに……しかも、やけに王宮の中が騒がしかった……」

「もしかしたら逃げる準備でも……いや、これは失礼を」

「気にしなくても大丈夫よ。王都の民衆も皆、失望の声を漏らしている。逃げる可能性はあるわね。ともかく、もう王族は頼りにならない。だから私達は独自に動くことにしたの」

「とすると、穴を調べに？」

「ええ。昨日話した火山の件もある。もしかしたら王族は、その火山のこともあって、地下を調べないのかもしれないわ。地下には、確実に何かあるはず。だけど、王宮に見つかればなんと言われるか分からない。だから少数で行く必要がある。そこでルディス……あなた達にお願い出来たらどうかなって」

「もちろん、お受けします。ですが、俺達のランクでは……」

俺達の冒険者ランクはブロンズ。ギルドも不安があると思うが。

「ノールがルディスならって推挙したのよ。自分や他のオリハルコン級冒険者も同行するって言ってたけど」

「なるほど。そうでしたか……」

ノールは俺の活躍を買ってくれていたようだ。オリハルコン級の冒険者が言うならと、ギルドも納得してくれたのだろう。

「私も、あなたにお願いしたいと思っている。今まで私の無茶苦茶な依頼をこなしてくれた。腕も確かだし、きっと何かを見つけてくれるんじゃないかって」

「買い被りすぎですよ……でも、とても光栄なことです。お受けします」

「ありがとう、ルディス。いつも頼ってばかりでごめんなさい」

申し訳なさそうな顔をするユリアだが、俺は首を横に振る。

「気になさらないでください。俺も、皆を救いたいんです。ですが、穴には俺達だけで向かいます。王都の外から敵が来たとき、ノールさん達がいないと、とても防ぎきれない。内から来たんです。外からの襲撃もあり得る」

「分かった。ノールにはそう伝えておく。ここから東の広場に向かって。そこには、ギルドと私の協力者しかいないから大丈夫。もちろん、大群が押し寄せてきたら迷わず逃げてきてね」

「かしこまりました。必ず、原因を突き止めてきます」

「お願い……お礼は出来る限りするわ。王都の皆の命がかかっている」

俺はユリアに、力強く頷いた。

朝食を終え、身支度を整えると、俺達は東の広場へと向かった。まだ朝焼けの時間で、通りには人も少なかった。

穴は、俺とルーン、マリナ、ネールの四人で調査しようと思う。ヘルハウンドにはもし他の従魔の誰かがやってきたらこの穴から入ったと伝えさせるため、地上に待機させる。

そうして俺達は、埋めた穴を掘ることにした。

近くにいた冒険者や街の人が手を貸したいと集まってくれたが、俺はそれを断った。そのうえで申し訳なく思うも、幻覚魔法をかけさせてもらった。俺達の帰りが遅くても不思議に思わないように、誰か人を送ったりしないようにと。誰にも怪我はさせたくない。

ユリアとオルガルドが見守る中、穴自体は簡単に開いた。風魔法で岩をどかし、氷を火魔法で溶かす。

どこかと繋がっているのか、穴から冷たい風が吹いてくる。

すかさず、俺はユリアとノールがくれたマフラーを首に巻いた。賢帝のほうのルディスの名が入ったマフラーを。

ユリアははっとした顔をする。

「それ……ありがとう」

「いえ、こちらこそ。早速使わせていただきますね」

「ええ。気を付けて」

見守るユリアとオルガルドに俺は頷くと、ルーン達と一緒に穴へと進んでいく。

【灯火】の魔法を周囲に展開すると、周囲が照らされた。

すると、この坑道が最近掘られたものでないことを知る。道は壁も床も天井も、すべて四角い石材で組まれていたのだ。

「まるで石造りの建物の中みたい……」

石壁に反響するマリナの声に、ルーンが道を進みながら応える。

「しかも石材が大きい。王都の城壁や石畳も大きめでしたが、ここはさらに大きいですね」

ルーンの言う通り、石材の一辺は成人男性の腰の高さぐらいはある。また、石材の断面は全く凹凸がなく、鏡と見紛うほどつるつるとしていた。

「ここまで大きく切り出してこんなに綺麗に磨く……相当な技術がいるな」

「これは怪しいにおいがプンプンしてきましたね！」

ネールはそう声を上げた。

「しっ！　大声を上げたら……あっ」

ルーンが注意するも遅かった。

道の先には、赤い光がこちらにやってくる。スケルトンの目に灯る光だ。

「ご、ごめんなさい！　ルディス様！」

「いや、ネール。どのみち倒さなければ進めなかっただろう」

俺が応えると、ルーンは剣を抜いて言った。

「ちゃんと自分の尻拭いしてくださいね！」

「分かってますって！　ちゃちゃっと倒しますから！」

ネールはハルバードを振りかぶって、スケルトンに突っ込んだ。

そして目にもとまらぬ速さで、ハルバードでスケルトンを薙ぎ払っていく。

俺達はその後を進んでいく。砕けた骨の上を進んでいくのは、なんというかあまりいい気持ちはしないが我慢する。

ネールが倒し損ねた少数のスケルトンは、ルーンとマリナによって倒されていった。俺は【魔法壁】で皆を守りつつ、周囲を警戒するだけだ。

途中、通路には分岐があった。見るとそこは上のほうに続いており、俺が昨日塞ぐのに使ったであろう氷が張っていた。そんな箇所が、他にもいくらかあった。

穴は全てここから掘られていたか。だが、下に行く場所が見つからないな。

しかも、進んでも進んでもスケルトンがいなくなる気配はない。どこまでこのスケルトンの行列は続いているのだろうか。

「な、なんか、多くないですか？」

暗い場所のスケルトンを恐れていたマリナだったが、今はその数の多さに恐怖を感じているらしい。

「すでに百体は倒してますね。確かに多い」

カウントしていたのかルーンはそう呟いた。

このままでは埒が明かないな。早めに地上に戻りたいというのもある。俺が倒そう。

俺はネールに声を掛ける。

「ネール！　一旦下がってくれ！　俺が聖魔法で倒す！」

「た、助かりまーす！」

ネールがすっと俺の後ろに身を引くのを確認して、俺は【聖光】を放った。すると、スケルトンは光を受けて瞬く間に崩れていく。

「おお……やっぱ綺麗」

以前も【聖光】を見た時と同じように、ネールは感心した様子で言った。

「ルディス様なら当たり前のことです！　さっ、行きますよ！」

「はい！」

ルーンの言葉に、俺達は前方を進む。

光の届く範囲は広く、この通路の先のほうまで魔力は感じない。

「どこに繋がっているのだろうか……いや、何だこれは」

俺は壁の向こうに違和感を覚えた。

微弱な魔力を三つほど感じたのだ。手前の一つは魔法道具の類だろう。その奥は、同じく魔法道具と、有翼の生き物か。

「皆、通路を見張っていてくれ」

俺は【解錠】という魔法を岩壁にかけた。

魔法道具は、魔導石という魔法を刻める石を核にしていることが多い。そしてこの壁は、【施錠】という魔法が使われた魔法の錠が施されていると考えた。つまりは隠し扉のようなものだ。

するとやはり石壁が勝手に動く。壁の向こうには小さな部屋があった。

俺はその部屋の中に入る。机と椅子、ベッド、クローゼット……何かの休憩所だろうか。

「よく気が付きましたね、こんなところ」

ネールは部屋をきょろきょろと見渡して言った。

「いや俺も部屋だとは思わなかったが……」

このクローゼットの中だ。それにクローゼットの扉の取っ手の埃がまだらになっている。開けてからまだ間もないようだ。

「俺が扉を開く。皆は警戒してくれ」

そう言って俺は扉を開こうとした。だがその時、扉のほうから勝手に開く。

「ち、近寄るな！　僕はルディス陛下の忠実な部下だぞ！」

叫んだのは、丸っぽい胴体に蝙蝠のような翼を生やしたガーゴイルだった。

突然現れたせいか、マリナがきゃあと叫び声をあげている。

ガーゴイルは俺もよく知っているし、従魔にもいた。

しかし、このガーゴイルは……

ルーンがすぐに怒りを露にする。

「ルディス様の従魔を騙るとは言語道断！　私はあなたなんて知りませんよ！」

ルーンの言葉通り、彼は俺の従魔ではない。

何よりこのガーゴイルは、まだガーゴイルにしては子供で五百年ほどしか生きていないように見える。千年も経っていれば、この倍の大きさに成長してるはずだ。

「い、いや！　そ、その従魔ではないけど、僕はルディス様の忠実な部下だ！　しっかり務めを果たせばいつかはルディス様の従魔になれる！　それを信じて、五百年も頑張ってきたんだ！」

必死に答えるガーゴイルに怒りを抑えられない様子のルーン。

だが、俺はあることに気が付く。

「お前は……帝国語が使えるんだな」

「え？　そ、それは……というか、これしか知らないし」

とすると、少なくとも現在の王国人との交流はないということか。

「ふむ。それに五百年前……よければ、少し話を聞かせてくれないか？　俺はルディス、お前は？」

「ル、ルディスってあのルディス？」

ガーゴイルが問うと、ルーンが口を開く。

「そうです。かの賢帝ルディスとはこの方です！」

「う、嘘でしょ？　だって人間が五百年も生きられるはずがない」

その言葉に引っ掛かりを覚えた俺は、俺が本物の皇帝ルディスだと証明しようとするルーンの言葉を遮る。

「待て。人間が五百年も生きられないと知っているのに、何故ルディスの従魔になれると信じていたんだ？」

「え？　そ、そう言われてみれば確かに……あれ？　なんで？」

ガーゴイルは困惑するような顔をする。

明らかに様子がおかしい。これはまさか……やはり魔法か。

俺はガーゴイルの首にはめられていた首輪を見つける。鉄製の輪の中央には、赤い石が見える。これも先の扉を施錠していたのと同じ、魔導石だ。だが何の魔法が掛けられているのだろうか。

「少し、動かないでくれるか？」

「え？　は、はい」

俺は首輪の魔導石に手をかざし、魔力の動きを読み取る。

魔導石に刻まれた魔法を解析しよう。ガーゴイルにかけられているのは【隷従】か。

つまり、このガーゴイルは何者かによって、命令を強制されていることになる。

しかし、これだけ強力な【隷従】は初めて見た。五百年も作用させるとは。

魔導石に魔法を刻んだ者はきっと相当な魔法の使い手に違いない。

そのまま俺は、魔導石の魔法を【解呪】で解いた。

ガーゴイルはさらに混乱したような顔で呟く。

「あれ？　本当に、どうして僕は何故……」

「お前は操られていたんだ。その首輪にな」

「こ、この首輪に？」

「そうだ。誰かがお前にこの首輪をつけて、命令を強制させていた。首輪をつけた者は誰だ？」

「そ、それは言ってはいけないことに……いや、なんで言っちゃいけないんだ？　ヴィンターボルト様の命令だから？　あっ！　い、言っちゃった！」

あたふたとするガーゴイルだが、今度は何故言ってはいけなかったんだと首を傾げる。

「首輪をつけたのはヴィンターボルトか。どうしてヴィンターボルトに手を貸していたんだ？　理由が分からないのなら、【隷従】で強制させられていた証拠だ」

「いや、理由ならちゃんとあるよ……賢帝ルディスがやがてこのザール山に来る。だから、その代行である総督の私の命に従えって……でも、ありえないって言ったんだ。それは、人間が五百年も生きられないって知っていたから。それに、先祖の話でルディスは確かに死んだって知っていた」

「なるほど。なら、そこで鉄の輪を付けられたんじゃないのか？」

「うん。ヴィンターボルトの隣に、フードを被った女性がいた。その人がフードを下ろすと……僕達はルディス様のために働こうって思ったんだ」

【隷従】の魔法か、幻覚の魔法か。いずれにせよ相当な魔力を要する。ヴィンターボルトの部下か協力者に、強力な魔法の使い手がいると見て間違いない。

「……女性の顔は覚えているか？」

「そこまでは。でも、その後にこの鉄の輪を配ってから、彼女は姿を現していない。それは確かだ」

鉄の輪の出どころもその女性か。ヴィンターボルトはもともと大陸東部の出。部下も東部出身の者が多いだろう。つまり、東部にそれだけの魔法使いがいるということか？

だが、先輩冒険者のノールも東部出身で、アッピス魔法大学に通っていた。

そんな彼女から分かるのは、この時代の人間が持つ魔法の知識は、俺の時代に比べ遥かに少ないということ。東部の魔法使いでこれだけの魔法を使える者がいるとは考えづらい。

だが五百年前はそうじゃなかった可能性もある。今よりもずっと多くの魔法知識が継承されていたのかもしれない。約五百年前までは、衰退していたとはいえ帝国は残っていたのだから。

とはいえ、もし五百年前までそうだったのなら、それはそれで妙だ。ヴェストブルク王国は新興国で、東部の国と比べて人口も経済力も劣る。ヴィンターボルトの部下なら、もっとこの王国を強くするため魔法の技術を残すはずだ。

民衆に力を持たせぬよう王侯貴族の優位性を保ちたいのが理由だとしても、王族と貴族だけにその魔法の技術を継承させればいい。しかし俺が知る限り、この国の王族と貴族は全くそれを引き継いでないように見える。当然、王だけが隠れてその魔法を受け継いでいるかもしれないが、王都にここまでアンデットの接近を許すまで魔法を使わないものだろうか？

残る可能性としては、その魔法の使い手が権力を持ちすぎないようにするため、ヴィンターボルトが暗殺なり王国から追放したのかもしれない。でも、それだけの魔法使いが簡単に殺されるのも、また考えにくい話だ。

もっと単純に考えれば、その女性は部下ではなかったのかもしれない。ヴィンターボルトへの協力は限定的、一時的なものだったと考えれば合点がいく。

どうして協力したのか疑問は残るが……

すると、ルーンが口を開く。

「で、あなたはここで何をしてたんですか？　私達が来たから、この部屋に隠れたんでしょう？」

「そ、そうだよ。まさかあの大量のスケルトンを倒してくるなんて……僕は、誘導役。火口で召喚されたスケルトンを、地上まで案内してたんだ」

火口がある。やはりこの山は火山だったのだ。

そしてここは火口に繋がっているということ。

しかし、すぐにルーンは訝しむような顔で訊ねる。

「人を殺すために？　自分が何をやっているのか知っていたのですか？　地上はえらい騒ぎですよ」

「知らないよ。僕達はただ、ヴィンターボルトの命令通り動いていただけだ。この山を城壁で囲み、火口までの道を掘って……それ以降、僕達は地上を見たことがないんだから」

ヴェストシュタットの壮大な建築は、やはり人間の手によるものではなかった。魔物と魔法によって築かれたのだろう。

そして気になるのが、ヴィンターボルトの存在だ。王都の守りを強固にするために城壁を築かせるのは分かる。しかし、何故火口までの道を作らせたのだろうか。それに何故スケルトンを召喚させ、地上へ送らせた？　自分の国の民が困るのに。

どんな理由があったとしても、国民を危険に晒すような行為をするのは、同じ指導者だった者として到底理解出来る話ではない。

ルーンはさらに質問を続ける。

「ヴィンターボルトが？　人間の彼がまだ生きてるんですか？　しかも人間が人間を？　おかしくないですか？」

嘘を吐いているのではと睨むルーンに、ガーゴイルは困った顔で言う。

「そ、それは、確かにヴィンターボルト様はもう五百年近く現れてないから死んでるかもしれないけど、命令は本当だよ。来るべき時が来たら、スケルトンを地上へ導くようにって」

ガーゴイルの表情を見るに、嘘を吐いているようには見えないな……

だが、この国を興したはずのヴィンターボルトが人間を、しかも自国の民を殺させるだろうか？

俺はガーゴイルに問う。

「来るべき時、というのは?」

「分からない。だけど、火口の主が教えてくれるって。その主が僕達に報せたんだ」

「俺達をその主に会わせてくれるか?」

「いいよ! というより、皆火口で働かされてるんだ! 僕にやったように、皆のも解いてよ!」

「分かった。そう言えば名前を聞いてなかったな」

「僕はベルタ! えっと、ところでルディスっていうのは、嘘だよね……?」

ベルタと名乗ったガーゴイルに、ルーンがすかさず口を開く。

「本物です!」

「ほ、本当かな?」

とてもじゃないが信じられないだろうな……まあでも、今はそんなことどうでもいい。

「ベルタ。とりあえず、俺達を案内してくれないか? 俺が何者かより、他の皆を解放するほうが先だ」

「う、うん! こっちだ! わあ!?」

勢いよく飛び出したベルタだが、道の向こうから何かが迫っていることに驚いている。

「この魔力の反応はスケルトンか……もう新手が来るとはな」

「ま、まあ、昼夜問わず、召喚されて、装備を作っているからね」

「ベルタは行先を教えてくれ。俺達がスケルトンを倒す」

「分かった!」

こうして俺達は、ベルタという案内役を仲間にした。

ベルタは通路の途中の階段を下りて、火口まで俺達を案内していく。道は複雑に入り組んでおり、その後も頻繁に階段を下りることになった。

二時間は走っただろうか？

ずっと同じ石の通路が続き、同じスケルトンを倒し続けた。

だが着実に火口へ近づいてきているのを感じる。周囲から熱気を感じるようになったからだ。時折、前方からむわっとした熱風も吹いてくる。

ネールは全身から汗を流して言う。

「あっつい……まだなの、火口は？」

「もう少しです。もう少しで入口が……あっ、見えました！」

通路の先に、明るい光が見えた。広い場所と繋がっているようだ。すでにこの十分で新たなスケルトンは現れていないが、その場所にはいくつかの魔力の反応が見える。

しかしそれより気になるのは、少し視線を落とした場所にある魔力の海ともいえる反応だ。

これは、溶岩か？　何者かが、溶岩を魔力に変えている？

そんなことを考えていると、通路を抜けた。

目の前に広がっていたのは、すり鉢状の穴だった。一番低い中央には、火の海が見える。あれが火口に違いない。

焼けるような熱気が充満している。やはり、ザール山はまだ火山だったようだ。

「おお、すごい……というか、魔物がいっぱいですね」

ネールの言う通り、火口周辺にはたくさんの魔物達がいた。

皆ただ立っているわけではなく、何かしら運搬をしていた。

つるはしや手押し車など鉱山ではよく見られる道具が見える。壁にはいくらか坑道のようなものが掘られていたので、鉱石類を採掘しているのかもしれない。

その一方では、鍛冶をするスケルトンが。地上の奴らと一緒で、武器や鎧を作っているようだ。

そんなスケルトンと魔物達が俺達に気が付く。皆殺気立った様子だ。

ベルタが皆に言う。

「み、皆聞いてくれ！　僕達は操られていたんだ！　その首輪を皆、外してくれ！」

「ベルタ、無理だ。あれは自分じゃ外せない。皆はスケルトンのほうを頼む。俺は首輪の解呪に向かう」

そう言って、俺は魔物達に向かった。

ベルタのようなガーゴイルだけでなく、繁殖の早いゴブリン、オーク、スライムなどもいる。

皆、この火口で働かされていたのだろう。

さて、魔物達を縛る【隷従】を解くとしよう。

俺はさっそく向かってきたガーゴイルの首輪に、【解呪】をかける。

その瞬間、ガーゴイルは困惑しだす。

「……あれ？　え？」

「ベルタ！　皆に説明してやってくれ！」

「はい！」

混乱する魔物はベルタに任せ、俺は魔物達にかけられた【隷従】を次々と解いていった。

一方のルーン達も、続々とスケルトンを倒していく。

そんなことを続けていると、俺を襲う魔物はいなくなった。全部で二百体ほどはいただろうか。

【解呪】は終わったようだ。

同時に、ルーン達もスケルトンを倒し終えた……と思ったのだが、すぐに火口付近で新たなスケルトンが召喚される。

こいつらは鎧や武器を身に着けていない。武装したスケルトンを召喚するのは、それだけ魔力を要する。それを抑えるためにも、スケルトン自身に武器を作製させていたのだろう。外の軍団も同じからくりのはずだ。

さて、その仕掛けが分かったのはいいが、呼び寄せているのは誰だろうか？　あるいは、魔法道具ということもありえるが……

見渡すも特に目ぼしいものは見えない。

だが一つだけ確かなことは、スケルトンの召喚魔法に使われている魔力がこの下に無尽蔵に眠る溶岩によって賄われているということ。

俺は煮えたぎる火口へ目を向ける。ここに十分も立っていれば、体が焼けてしまいそうなほど熱い。

これだけの溶岩だ。火の熱を魔力に変換し、それを使っているからこそ、これだけの召喚魔法を使えるのだろう。

しかし周辺には魔力の動きがない。魔導石のような装置はないのだ。

ここから推測出来ることは、火口の中で召喚魔法が行使されているということ。つまりは火に強い魔物がこの中に潜んでいることになる。

ベルタは先程火口の主などと言っていた。

俺はベルタに問う。

「ベルタ。火口の主とはこの中にいるのか？」

「はい、この中です！　ルディス様！」

ベルタが答えると、突如地が小さく揺れた。

そしてどこからともなく、声のようなものが聞こえてくる。

「ルディス……？　ルディスだと……？」

俺の名前を知っている？

ベルタ同様、賢帝ルディスの従魔になれると信じた魔物だろうか。

いやこれだけの溶岩を魔力に変える者……普通の魔物とは違う。

俺は心臓の鼓動が速くなるのを感じながら口にした。かつての従魔の名を。

「インフェルティス……インフェルティスか？」

インフェルティスというのは、かつて俺の従魔として仕えたフェニックスのことだ。

もともとは大陸西部の火山に住んでいたのだが、麓の人間が数を増すにつれ他の生き物の住処が奪われることを怒り、人間と争っていた。

俺はインフェルティスと戦い、住処である山に人が立ち入らないようにする不可侵協定を結んだ。

それが終わると、山と周辺に平和が訪れる。インフェルティスはこの一連の出来事から俺に感心し、従魔となってくれたのだ。

俺が呼びかけた後、しばらく沈黙が流れる。

「インフェルティス。俺だ。ルディスだ……いるんだろ？」

再び問いかけると、地面が激しく揺れた。同時に火口から火柱が上がる。

「ルディス様、お下がりください！」

ルーン達の言葉に、俺は「大丈夫だ」と返す。

やはり、インフェルティスだったのだ。火柱はやがて鳥の形になって、俺の前に現れた。この神々しい姿は、インフェルティスに間違いない。

「ルディス……ルディスなのか？」

「そうだ。見た目は少し違うかもしれないが」

インフェルティスは俺を覚えていたようだ。だが油断は出来ない。

俺が死んでから、インフェルティスの故郷がどうなったかは分からない。だが、俺は地元の人間に念を押すようにして、インフェルティスの故郷への立ち入りを禁じた。それだけでなく、人が近寄れないよう、森に幻覚を見させる植物を埋めたりもした。とてもじゃないがあれを破れるとは思えない。

ルーンが何か言いたげだったので、俺は【思念】で会話する。

（インフェルティスはルディス様の死後、私達とこの大陸の西までやってきました。ですが最終的に別れることになったとき、故郷の山に戻ると）

（では、故郷の山を追われて……）

それもおかしい。人間に襲われて黙っているようなインフェルティスじゃないはずだ。だからこそ俺と会う前に人と争っていたわけだし、彼女なら人間を追い返すことなど容易いことだろう。

もちろん、インフェルティスが俺の死で人間を恨み、戦おうと思うに至った可能性もあり得る。だが人と戦うのなら、東部のほうが人口は多い。こんな場所に留まることに意味はない。

いずれにせよ、本人に聞くしかないだろう。

インフェルティスは、ただ俺を見つめている。信じられないのかもしれない。

そこでルーンがスライムの姿になって、喋りだした。

「インフェルティス、私です！　ルーンですよ！　覚えてるでしょう⁉」

「ルーン……久しぶりだな。だが、どうしてこんな場所に……それに人の姿で」

「ルディス様がこうして復活されたからですよ！　だからまたお仕えしているのです！」

「ルーン。復活など軽々と口にすることではない。人間は千年も生きられない……ルディスは、人間が殺したんだ！」

声を荒げるインフェルティスに俺は言う。

「インフェルティス。一つずつ説明する……まずは」

「知るか！　お前がルディスなら、私を倒すなど造作もなかろう！」

インフェルティスはそう言うと、口の部分に魔力を充てんする。口の中の光が大きくなるのが見える。インフェルティスは本気だ。

「落ち着け、インフェルティス！　くっ。ルーン、皆を入口へ！」

「は、はい！　こっちへ！」

ルーンも珍しく焦っていた。溶岩から魔力を得られるインフェルティスは、俺をはるかにしのぐ火魔法を扱えることを知っているからだ。

俺もそれは分かっている。だから、まずは周囲に水属性の最高位魔法【瀑布】を降らせることにした。

巨大な雨雲がインフェルティスの頭上に現れ、滝のような雨を降らせる。

だがこれだけではインフェルティスの炎の毛一本すら消火することは不可能。

更に俺はインフェルティスに向かって【海竜竜巻】という水属性の最高位魔法を放った。俺の手から水流が勢いよく放たれると、それはやがてインフェルティスの周囲で竜巻のように渦を巻きだす。

熱気に包まれていた周囲は、冷涼な水しぶきが立つ場所へと変わった。

一方のインフェルティスも手をこまねいているわけではない。口から極大の火炎を放ち、俺の放った水魔法を一瞬で蒸発させていった。

だがこれは時間稼ぎに過ぎない。俺は自分と、魔物達の避難した入口に【魔法壁】を設置する。

これで少し余裕を持って戦える……そう考えたが、インフェルティスの魔力は想像以上だった。

というより、今の俺はかつて賢帝だった頃と比べ魔力が少ないのだろう。

今まではそこまで強い敵と相対することもなかったので、感覚が鈍っていたようだ。ここではインフェルティスは無尽蔵の魔力を行使出来るし俺よりも有利だ。

しかし俺は一度同じ条件――東の火山で、無限の溶岩を味方にしたインフェルティスと戦っている。今回だって、インフェルティスとの勝負を制してみせる。

俺は崩れそうになる【魔法壁】の補強をしつつ、城壁のように両側へとそれを伸ばしていく。そしてその周囲を時計回りに走った。

ただの炎なら水でもみ消せるだろう。だが、インフェルティスの炎は、無限ともいえる溶岩を使ったもの。分が悪い。

だからまずは、その溶岩の供給を止める必要がある。

こちらは水魔法の【水槍】を早撃ちし、火口を冷やす。塞いでいられる時間は長くないが、魔力の供給が止まった間に拘束すればいい。

そう思い、インフェルティスの火炎放射から逃れて水を放つが、すぐに俺を追うように火炎を向けてくる。こちらに火口を全く狙わせてくれない。ようやく当たっても、速度を速めるために軽量化した【水槍】では水量が少なく火口の溶岩を冷やし固めることは出来ない。

水は駄目か……氷のほうが火には強いが……

氷はインフェルティスを傷つける可能性がある。緩めの【氷槍】を撃ち、威力を調節していく手もあるが……それよりも有効な手段があるな。

「逃げるつもりか!?　ここまで来て！」

「俺は逃げも隠れもしない！」

俺はまた水を放った。

しかし、思った以上にインフェルティスは火炎放射の向きを変えるのが速い……やはり一筋縄じゃいかないいな。

俺は【魔法壁】でインフェルティスの攻撃を防ぎつつ走った。

「インフェルティス！　俺の魔法を見て思い出せ！」

再び、【瀑布】を放つ。この空間すべてを水に埋める勢いで、滝のような豪雨を降らし、波を作り出した。

だがインフェルティスも火炎を吐き出すのをやめて、周囲に爆炎を発した。

俺が放った水は、その爆炎にいともたやすく蒸発させられる。

「無駄だ！　そんなものでは、私の火は消せない！　失望したぞ！　ルディスの名を騙り、私の前にまた現れておきながら！」

「……なら、もう一度撃つまでだ！」

俺はもう一度、【瀑布】を放つ。

インフェルティスの四方八方から、波が押し寄せるように。

「それはもう無駄だと言ったはずだ！」

「いくら無限の溶岩があるとはいえ、時間には勝てない」

「強がりを！　なっ!?」

俺はすぐに放った水の波を凍らせた。

すると、分厚く高い氷の壁がインフェルティスを囲む。

「くっ!?」

「一度俺と戦い、数々の戦場を共にしたお前なら分かるな」

「氷は水のようには蒸発しない……」

もちろん溶けていくが、バターのように簡単に溶けたりはしない。さっきのように爆炎を周囲に放っても、氷の壁を一瞬で破壊することは出来ない。ヒビを入れられるかどうかだ。

つまりは時間が稼げるということだ。

俺は壁越しから水を放てる。しかも【魔法壁】を使わなくてもいい分、俺は水魔法に全ての魔力を注ぎ込むことが出来るのだ。

だが、やけになって噴火でもさせられたら、この地下はおろか王都が消えてしまう。

それを阻止するため、俺はすぐに【瀑布】をインフェルティスの上から降らせた。

「私が負けるか！　この程度の水に！」

氷の壁越しに、インフェルティスも負けじと火を噴く姿が見えた。

上より降る水と、下から噴火のような火炎が鍔迫り合いになる。

だが、俺の水が勝った。

インフェルティスは大量の水を浴び、じゅうっという音とともに、氷の壁の中に水が満たされていった。

こちらは【魔法壁】を使わなくてもいい分、水魔法に集中出来た。氷から溶ける水も相まって、火口の溶岩を冷やし固めることが出来たのだろう。インフェルティスは溶岩を魔力に変換出来なくなったのだ。

俺はすぐに氷の壁を、【風斬】で断ち切った。そこから水がじゃぶじゃぶと出てくる。俺は逆に、火魔法でその水を蒸発させた。

やがて雨のようにその水が降る中、俺は氷の壁の内側に向かう。

火口のあった場所には馬ほどの大きさの火の鳥が横たわっていた。

「インフェルティス！」

俺はすぐに駆け寄り、回復のためインフェルティスの翼に火を灯す。

「……ルディス」

インフェルティスは意識を取り戻すと、俺の頬をその炎の翼で撫でた。フェニックスの火は触れるものを焼くだけでなく、他者を暖め癒すことも出来る。

「ルディスよ……何故私を殺さない？　いや最初からだ。何故加減した」

「それはそっちも同じだ。お前なら、この山ごと溶岩で消し飛ばすことぐらい、造作もないことだろう？　俺もこの上の人間達も、即座に消せたはずだ」

俺は確かに、インフェルティスを傷つけまいと氷魔法の使用を最小限に抑えた。

しかしインフェルティスも同様に、溶岩の使用量を抑えていた。この量の溶岩を用い、爆発魔法を用いれば俺も危なかっただろう。何より、王都に危害が及ぶ。あの魔王マナーフでも、何とか崩落を抑えられるかどうか……

　インフェルティスは首を横に振る。

「勘違いするな。私は本当に人が憎かった。この上の者達がどうなろうと構わない。しかし、ここにいる魔物達は無実だ」

「お前の言う通りだ。しかし、ならば何故、こんな場所で閉じ込められた？」

「それは言えない……だが、今のお前なら私に言わせることが出来るはずだ」

「まさか……」

　俺はすぐにインフェルティスに【解呪】をかけた。インフェルティスには【隷従】が掛けられていたのだ。

「何故……何故、【隷従】をかけられた？　お前ほどの者が、何故こんな魔法にかかることに甘んじたのだ？」

「抵抗しようと思えば、出来ただろう……そもそも、あの浅ましい男は、気に食わなかったのだ」

「その浅ましい男とは、ヴィンターボルトだな？」

「ああ。お前の名を騙り、この一帯の魔物を利用した。そして私はこの火口の溶岩を用い、迫りくる魔物を倒すのに利用された……」

　この王国に語り継がれているヴェストシュタットの戦いで、ヴィンターボルトは強力な火炎魔法で魔物達を倒したことになっていた。だがそれは嘘で、ヴィンターボルトではなく、インフェルティスとこの火山のおかげだったというわけだ。

「そして……今は、この王都の人間を生贄に、自ら不死の存在になろうとしている」

「不死の存在……死霊術の一種か。なんと、愚かな」

蘇ったとして、それは人の姿ではない。永遠の王になろうという魂胆だろうか。しかし、自分が打ち立てた国の民衆を犠牲にしようとは……言葉もない。

奴は止めなければいけない。だが疑問も残る。

「しかし、インフェルティス。そのヴィンターボルトが、お前に魔法をかけたとは思えない。お前を操っていたのは、一体誰なんだ？」

俺の問いに、インフェルティスは黙ってしまった。

そんな時、入口からルーン達がやってくる。

「ルディス様、インフェルティス、無事ですか!?」

インフェルティスはルーンの顔を見て、申し訳なさそうに視線を落とした。

「ルーン、私は止められなかった。ルディス……こんなことを出来るのは、お前や魔王のように限られた者だけだ。察しは……付くだろう？」

その言葉に、俺は落胆した。覚悟はしていたが、信じたくなかったのだ。

だが、泣くことは許されない。彼女もきっと涙を流しているだろうから。

俺は重い口を開け、彼女の名を発した。

「フィオーレ……フィオーレがお前に魔法をかけたんだな。五百年前の、召集で」

「ああ。だが、全く従魔達は集まらなかった。私とエライアを除いては。そして私とエライアも、彼女の計画には賛同しなかった」

「計画……それは、人を殺す計画か？」

「そうだ。五百年前、お前の遺した帝国が崩れると、人々は領地や名誉のために醜く争い始めた。従魔の末裔にも危害が及ぶのを見た彼女は、この大陸から人間を消し去ることにした。お前を奪い、お前の形見である帝国を奪った人間達に、じわじわと恐怖を与えるために」

俺の死の時点で、フィオーレは人間を恨んでいたのかもしれない。だが、他の従魔同様彼女も恨みを堪えた。俺が死をもって築いた帝国の平和が崩れるまでは。

帝国は俺が守ってきた国だ。最後は、己の命すらも捧げた。フィオーレはそんな帝国を、俺の子と認識していたのだろう。

その子が殺された……だからフィオーレは軍団を組織し、俺とその子を葬り去った人間そのものを消そうと考えた。

自身の手で人間を殺さず、軍団を使役し人の世界を破壊しようとしているのは、人間を苦しめるためにあえてそうしているというわけか。

死は一瞬だ。だが、苦難を逃れても今回王都に逃げ込んだ人達のように、苦しい生活を送らなければいけなくなる人間も出てくる。

「インフェルティス。フィオーレと、エライアはどこに？」

「北の果てにいるだろう。だが、その焦りよう……何かあったな？」

俺の顔を見れば分かるということか。

焦るのも無理はない。

「フィオーレもエライアに文を送った。この西で、エライアの子のリアに会ってな。そこで、伝書花を使った。俺が復活したと」

インフェルティスは何かを思い出したように言う。

「……エライアはお前が復活する、それを信じろと言っていたな。だが、フィオーレはそれはあり得ないと、五百年前、行動を起こすに至った」

「お前も、そう思ったのか？」

「それは当然だ。だが、契りを違えることに迷いはあった……だからこそ私は、フィオーレを試した」

先ほどインフェルティスは俺に、エライアと自分はフィオーレに賛同しなかったと言った。だが反対するとまでは、インフェルティスも言わなかったのだろう。

むしろ、命じられるのなら、自分も人に逆襲したいと思っていたはずだ。

「……決起するなら、自分を操れと」

「そうだ。そしてフィオーレは、私を駒にしたのだ。だが、エライアにはかけなかった……エライアは彼女を説得するため、ずっと寄り添っているはずだ」

「そうだったか……」

フィオーレの気持ちもインフェルティスの気持ちもよく分かる。

インフェルティスは悔やむように呟く。

「私はお前の亡き後、空っぽの毎日を過ごしていた……だから、フィオーレに苦渋の決断をさせてしまった。彼女を引くに引けない立場にしたのは、私だ」

俺は首を横に振る。

「いや、従魔への配慮が足りなかったのは俺だ。西が安住の地となると思ったが、俺の思い違いだった」

「いいや、ルディス。数百年の時がありながら、我らがまとまらなかったことに問題がある。皆、お前によって結び付けられていただけだったのだ。お前は十分な時間と場所を与えてくれたさ……気にするな」

「そんなこと……いや、今はともかくフィオーレは止めなければ。彼女のほうから、こちらに向かってくるかもしれない」

「それは間違いないだろう……ところで、あの男はどうしている？」

「あの男？」

「ヴィンターボルトのことだ。今回、呼応してスケルトンを地上に向かわせるよう合図があった。やつは、地上で暴れているのでは？」

「いや、そんなことはない。しかし、合図だと？」

「ここは地上と一部がつながっている。ここの魔物が水を得るため、向こうに地上から水が流れる場所があるのだ。その水が赤くなった時、我々は行動を開始することになっていた。まあ、五百年も召喚し続けたスケルトンは、お前のおかげで全滅だがな」

「……お前も本気じゃなかったんだろう？」

「単純に火魔法以外はてんで駄目というのもある。ただ、フィオーレの【隷従】自体は、さして強力なものではなかった。私が解こうと思えば……解けただろう」

そう話すインフェルティスに、ルーンが口を開いた。

「解こうと思えば、ねえ。ルディィス様に火を向けておいて、私達従魔にどう説明するのですか？」

ルーンはいつもと違って真面目な顔だった。

進んでではないにしても、インフェルティスはフィオーレに手を貸したのだ。それを怒りに思っているのだろう。

「……悪いと思っている。処罰は甘んじて受けよう」

インフェルティスはルーンの前に首を垂れた。

「ルーン。インフェルティスは本気で俺を倒そうとはしてなかった。それに、俺の死によって、本来は皆もう俺の従魔ではなくなっている」

「ルディィス様がどう仰ろうと、これは従魔同士の契りなのです。だからインフェルティス……もう一度、ルディィス様に力を捧げるのです。ここの西に……」

俺はルーンの言葉を遮る。

「待て、ルーン。それは俺がインフェルティスにお願いすることだ。インフェルティス、また俺に手を貸してくれないか。俺は、かつての従魔達を集めている」

「お前の頼みなら、一時は力を貸そう。魔物達を解放したい思いもある。だが、私がここを動けば

「……」

「心配するな。その溶岩を利用する。溶岩から得た膨大な魔力で、お前達をここから出したい」

「つまり、あれを作るのだな？」

「ああ、転移柱を作る。二本作り、一本をここに、もう一つを従魔の里に置くつもりだ。それだけの溶岩を用いれば、しばらくは噴火の心配もないだろう」

その言葉に、後ろに集まっていたベルタ達が声を上げる。

「こ、ここから出られるの!?」

「ああ。それにここは鉱石が豊富だ。従魔達も採掘に利用出来るだろう。早ければ、一週間以内には行き来出来るようにする」

俺の言葉に、魔物達は手を合わせたり泣いて喜んだ。

「まあ、もう一本作って、王都の外に置いてもいい。少しの鉄と、ここの溶岩があれば作れる。実は、地上のアンデッドと戦ってくれる味方が欲しい」

「もちろん！　戦います！　僕達を利用した相手なんて、許せませんよ！」

「ありがとう。それにあたってだが、皆俺の従魔となってくれるか？　そうすれば、俺の使用出来る魔力が増える。ヴィンターボルトを打ち負かすためにも、手を貸してほしい」

ベルタ達ははいと元気よく応じてくれた。拒否する者は誰もいなかった。

地下の魔物達を従魔にしていく中、俺はその生活の悲惨さに気が付く。

食事は地上から流れる水とキノコで済ませていたようだ。魔物も食事が豊かなら太るが、ここの者達は皆皮膚の下にすぐ骨が見えるぐらいに痩せている。

インフェルティスが金属を加工していたので木材はいらなかったようだが、衣服の類は全く見えない。布団もなく、岩の上で寝泊まりしていたようだ。

そしてこの熱気……人間であれば一時間もいれば気が狂うだろう。

こんな場所でいつ終わるかも分からない労働をさせていたヴィンターボルトに、俺は怒りが募る。

一度、どのような考えを持っていたのか、ゆっくり話したいぐらいの男だ。話の途中で席を立ってしまうだろうが。

俺はインフェルティスと火口の魔物達と従魔の契りを交わし終えると、転移柱を作るのだった。

転移柱は鉄の柱と、ここの魔物達を操っていた首の魔導石、そして魔法を刻むための膨大な魔力があれば作れる。

俺は手早く鉄を溶かし柱とすると、その先に魔導石を埋め込み、【転移】の魔法を刻んだ。

俺であっても【転移】は一人では使えない。それだけの魔力が必要になるからだ。しかし、ここには無尽蔵の溶岩がある。それをインフェルティスが魔力に変えて俺に送る。

転移柱は完成した。溶岩は結構な量がなくなったが、またいつか噴火するか分からない。だが、インフェルティスは柱が外と繋がっても、定期的にここの溶岩を消費してくれると言ってくれた。

ここで仲間になった従魔達は、しばらくはここで待機してもらう。外での戦いに力を貸してもらい、従魔の里にも転移柱で行き来出来るようになった後は、自由に生きてもらうとしよう。もちろん、従魔の里に住んでもらうのも歓迎だ。

俺は里に設置する転移柱を手にすると、インフェルティスに別れを告げる。

「それじゃあ、インフェルティス。また後程。柱が光れば、戦いの準備を整え出てきてほしい。力を貸してほしいときだ」

「ああ、ルディス。いつでも出れるようにしておく。では、健闘を祈る……それと……」

インフェルティスは言いづらそうにしていた。

それを見てルーンが呟く。

「ここで言えないと、後も恥ずかしいですよ」

「お、お前に言われなくても分かっている……」

インフェルティスはそう言うと、深呼吸をして俺に顔を向ける。

「……私が言うのもなんだが、フィオーレを止めてくれ。あいつの耳には、もう誰の声も届かない……お前の声以外は。フィオーレは、もうお前にしか止められない」

「ああ。必ず。もう一度、皆で会うんだ」

俺がそう返すと、インフェルティスは力強く頷いてくれた。

「ここの皆も、もう少しだけ耐えてくれ。お前達をここに閉じ込めた男も、任せてくれ」

俺の言葉に地下の従魔達もお願いしますと返してくれた。

「では、行ってくる。ベルタは引き続き、地上までの案内を頼む」

「はい、ルディス様！」

こうして俺達はベルタの案内のもと、地下道を通り地上へと向かった。

これで地下からの襲撃の心配はなくなったが、王都の外のスケルトン達も気になる。それにヴィンターボルトが自分を不死の存在にするため国民を犠牲にしようと企んでいることが分かった以上、ゆっくりはしてられない。

「王都の人達を生贄に……酷い」

地下道を歩いていると、マリナがそんなことを呟いた。

指導者としてあり得ない。自国の民の命を犠牲に、自らを不死の存在にするなど。

しかしルーンが言う。

「マリナ。世の中の指導者にはそんな者が少なくないです……特に人間は。ここまで寛容で慈悲深いのは、ルディス様だけなのですよ」

「……魔王様もそう考えると、いろいろまともな人なんだろうなー。過去の魔法様には、平気で部下を捨て駒にしたり、研究材料にするのがいたっていうし」

ネールもそう呟いた。

俺は皆に言う。

「人としてだって、ヴィンターボルトはあり得ない。必ず見つけ出し、奴の野望を止めよう」

ルーン達はうんと頷いてくれた。

それから二時間後、俺達は地上へと到着する。行きと違い敵を倒す必要もなかったため、スムーズに帰ってこられた。

三章
ヴィンターボルトの野望

地下から出ると、青空が広がっていた。まだ昼過ぎといったところか。

「やっと出られた！　いやあ、やっぱ外はいいですね！」

「ええ！　暗いのはやっぱり怖いです！」

ネールとマリナは大きく息を吸って体を伸ばす。

「て、天井が高い。あ、あれが空なんですね。あの光るのは太陽ですか？」

案内してくれたベルタも驚いたように言った。【隠密】と【透明化】をかけているのでベルタの姿は見えないが、周囲をきょろきょろ見渡しているのが伝わってくる。

「そうです！　お空と太陽です。私も初めて洞窟出た時は本当に感動しましたよ！」

マリナが嬉しそうに返すが、ルーンが呟く。

「ベルタも地下の従魔達にも外を案内してあげたいですが……」

「分かってます。僕もあまり力は強くないですが戦えますよ！」

ベルタもそう返してくれた。

だが、王都はとても静かだ。ヴィンターボルトが何かをしようとしているとは、ここにいる限り思えない。街の人出も朝よりは増えているし、冒険者達も落ち着いた様子で巡回している。外から襲撃が起こっている気配もない。

そんな俺に顔を向ける者が。ユニコーンのオルガルドだ。

（その顔を見るに、上手くいったようだな）

（おかげでな。地下はもう大丈夫だ。そちらは、何かあったか？）

（お前が行った後、いくらか穴が開きスケルトンがでてきた。しかし少数だったし、簡単に鎮圧出来た。もうここ二時間は、平和な状態が続いている）

（そうか。外は？）

（王都から見える限りでは、北から散発的な襲撃があるだけだ。冒険者というのか？　お前達の仲間が戦っている。お前も戻ってきたことだし、そろそろ我らも北へ加勢に行こうと思う）

（分かった。だが、気を付けてくれ。大軍が迫っている可能性がある。地下の動きはやはり、それに合わせたものだった。俺達の出現でそれは止められたが、この国の元国王が、国民の命を代償に不死の存在になろうとして行ったことの一環だった）

（何？　人の子の王が？）

（ああ……この国を築いたヴィンターボルトという男だ。地下にいた俺の従魔の話だと、もう何か行動を起こしていてもおかしくないんだが）

（市街には特に動きはない。見てはいないが、何かあるとすれば王宮かもしれぬな）

（だが、王宮には兵がたくさんいる。心配する必要は……いや、そういえばおかしな動きがあったな）

この緊急事態にもかかわらず、軍団の対応を冒険者に一任していた。

地下の魔物達は【隷従】の魔導石で従わされていた。同じものが王宮で使われている可能性もある。

（王宮を調べさせようか？）

オルガルドはそう言うが、俺は首を横に振る。

（俺が見てこよう。少し王都の様子も見たい）

（分かった。なら、我らは北へ行ってくるぞ）

（ああ、頼む。敵が多すぎたら退くんだぞ。無理はするな）

（我らももう無謀な戦を挑んで、醜態を晒す真似はしない。お前の助けを借りるのは……癪だからな）

オルガルドはユニコーンを連れ、北に向かおうとする。

だが去り際に呟く。

（お前の気に入っている人の子だが、あの難民を集めた広場で今は傷病人を治療している。お前のことをひどく心配していた。すぐ行ってやるといい）

俺が頷くと、オルガルドは去っていくのだった。

「それじゃあ、俺はユリアに報告してくる。マナーフへの報告も必要だ。お前達は先に宿に戻ってるか？」

「そうですねえ。せっかく、二人きりになれるチャンスですからねー。私達は遠慮しておくとしますか」

ルーンは意地悪っぽく笑う。

「冗談を言う余裕があるようだな……」

「それはまあ。インフェルティスも仲間に戻ったわけですし、もう怖いものはありませんよ。どんな敵が立ちはだかって、ルディス様には私達がいます」

ルーンは明るい声で言った。マリナとネールもうんうんと頷く。

フィオーレが軍団を操っていたという事実は、俺だけでなくルーンにもショックだったはずだ。しかしルーンは俺を励ましてくれた。

俺も、落ち込んでちゃいられないな……

「ありがとう、ルーン。北からの敵によっては、長期戦になる可能性もある。少し休むといい」

「はーい。じゃあ、先に風呂でも入って待ってますよ」

ルーン達はそう言って宿に向かった。ベルタも一緒に。

ネールも多少疲労は感じる。それに、スライムのルーンとマリナにとっても、あの暑苦しい環境は苦手だったはずだ。ベルタも日光が慣れないかもしれないし、少し休ませたい。

俺は一人で、ユリアのもとに向かうのだった。

道を進んでいると、穴を補強するための資材を運ぶ人々や、城壁を守る冒険者と衛兵に食料を届ける者の姿が見えた。

皆、ユリア様の命令だと言っていた。ユリアが皆を指揮しているようだ。やはり民衆から慕われている。

王都の人々もだいぶ落ち着いてきている。これなら、外からスケルトンがやってきても大丈夫だろう。

少し歩くと、ユリアが傷病人を集めている広場へと着く。

すると、心地よい音楽が響いてきた。

ユリアの護衛ロストンが奏でる弦楽器の音だ。

あれはファリアでのアンデッドドラゴン討伐の際、俺が授けた人の傷を癒す弦楽器だ。奏でると周囲の魔力を聖属性に変え、その音を聞く人の体と心を癒す。

本人の演奏の上手さも相まって、傷病人達は皆、至福そうな顔をしていた。

俺もその音を聞いていると、ユリアがやってくる。

「ルディス……帰ってきたのですね」

「殿下、お待たせいたしました。地下のほうですが」

膝を突こうとする俺だが、ユリアは首を横に振った。

「疲れているのです。そのままにしてください」

「ありがとうございます……地下のほうですが、もう心配いりません。奥底まで到達しましたので、もう新手は来ないかと」

そこまで言って、俺はインフェルティス達のことが頭によぎる。

従魔については黙っているとしても、ヴィンターボルトが王国の人々を生贄に復活しようとしていることは、ユリアに伝えなければいけない。

しかし、ユリアにそんなことを言って信じるだろうか？

さすがのユリアも、自分の先祖が国民を犠牲にし、不死の存在として復活しようとしているなんて……俺を信用してくれるユリアであっても信じてくれないだろう。

言い淀んでいると、ユリアが口を開く。

「大丈夫ですか、ルディス？」

「え？　は、はい」

「とりあえず、もう地下は大丈夫なのですね。こちらも今治療が一段落したから、一緒に食事でもしましょう。そこで詳しく聞かせて」

「ありがとうございます」

俺は頭を下げ、ユリアに続いた。

広場に置かれた椅子に座ると、協力者が食事を運んできてくれる。

「さ、食べましょう」

「いただきます」

俺は淡々と食事を口に運んでいく。

その様子を見てか、ユリアが言う。

「ルディス……どうか、私を信用してください。私は他の誰かに口外したりなどしません。地下で……何かあったのでしょう？」

俺が隠し事をしているとすぐに分かったようだ。あるいは、フィオーレのことに気を落としていることが、顔に出ていたか。

しかし、信用してくれか。

俺もユリアを信用している。俺が話して、それを王宮や他の人間に言いふらすような人物ではない。

ファリアでの不戦協定から分かるように、魔物を憎んでもいない。

俺は正直に話すことにした。もちろん自分のことと、従魔のことは伏せてだが。

「地下には……スケルトン以外の魔物がいました。彼らは、ヴィンターボルト様の命を受け、地下で武具の製作と、スケルトンの召喚を行っていたのです。かつてヴェストシュタットの戦いで手を貸したのも彼らでした。今回は王都の外と、地下のスケルトンは示し合わせて今回の攻撃を行おうと」

「魔物を酷使していた……でも、何のために自国の民を襲わせようと？」

「……殿下。もし今から私の話すことで気を害したのなら、私をどのようにもお裁きください」

俺の言葉に、ユリアはただ真剣な眼差しを向けて返す。

「ヴィンターボルト様は、この王都の人々を殺害し生贄に、復活を目論んでいます」

さすがにユリアも笑うか、または先祖を貶されたと怒るかもしれないと思った。

しかしユリアは俺の言葉を聞いて、真剣な顔になった
「終焉の時、我復活せん……王都の者は、喜んで血肉を捧げよ……」

「その言葉は？」

「王家に代々伝わるヴィンターボルトの言葉よ。ヴィンターボルトはね。だいたい、こんな自己中心的で思い上がった発言が多いのよ。なるほど、ではこの騒ぎはヴィンターボルトが仕組んだわけね」

「で、殿下。私の言葉を信じてくださるのですか？」

「当然よ。さっきも信じるって言ったでしょ……もちろんあなたも嘘を吐くことはあるでしょう。でも……絶対に、人を陥れるような嘘は吐かない。あなたは優しいから」

「で、殿下……」

俺はそのまっすぐな言葉に恥ずかしくなる。

　ユリアもだんだんと恥ずかしくなったのか、かあっと顔を赤らめた。

「と、とにかく！　ヴィンターボルトはそういうことをしてもおかしくない人物なのよ！　それに王都の本という本で魔物と火山のことに触れさせないようにしたと考えれば合点がいく。王国の建国は魔物達の力のおかげだなんて言えないでしょうしね」

　ユリアは真剣な顔に戻ると、こう続けた。

「自分の先祖を選べはしないけど、私は好きな男じゃない。でも、正直そこまでのことをするなんてね……」

「……私の話を本当であると信じていただいたとして、この後どうなると？」

「すでに地下から、王都の中から攻めるという行動は失敗している。となると、頼りの綱は王都の外からだけ……私はもう一度王宮に行って、城壁に兵を回すよう言ってくる。すでに地下の安全は確保出来たと伝えてくるわ」

「そうですか。なら、私も王宮までご一緒します」

「ありがとう、ルディス。心強いわ。ヴィンターボルトがどう復活するかは分からないけど、行動を起こした以上、何かしら彼の意思で行動する者が王都にいるということだわ。そして一番怪しいのは、王宮の中……」

　そうだ。地下からの襲撃は抑えられたが、どこかしらにヴィンターボルトの意思を地底に伝えた者がいるはずなのだ。

インフェルティス達地底の魔物は、地上からの合図——水飲み場に赤い水が流れてきたら行動を起こすよう、ヴィンターボルトに指示されていた。ヴィンターボルト本人か、またはその意思で動いている者が、この王都でまだ存在している可能性は高い。

権力者である王族や貴族に混じっている可能性もあるし、あるいは霊体の魔物のように姿を変えているのかもしれない。先程も述べたが、王宮に兵を集中させて、スケルトン退治を冒険者に丸投げしている王族達はまともとは思えない。

だから王宮を調べる必要がある。それにそんな場所にユリアを一人で行かせるのは危険だ。

「ロストン！　食事が終わったら、王宮まで行くわよ！」

「はっ！」

俺達は食事を済ませた後、王都の頂上にある王宮を目指すことにした。

ヴェストブルク王国の王宮は、王都ヴェストシュタットの中央にある。ちょうどザール山の山頂にあたる場所にあり、王都全体を見下ろすように建っていた。

そこまでの坂道を一歩一歩上っていくと、途中茶店のテラス席でお菓子を食べている者がいた。

魔王マナーフだ。のんきにお菓子のかすを口の周りに付けて、俺のほうに手を振る。

ユリアはそれに向かって手を振り返す。

「可愛い子。ルディスのお知り合いですか？」

「まさか。殿下を慕っておいでなのでしょう」

俺はそう答えつつ、マナーフに【思念】を送る。

（帰ったぞ。王都を見ていてくれて、助かった）

（ううん。というか、あまりに退屈だから眠くなっちゃったよ。それでどうだった？）

（俺の従魔が……地下で働かされていた。他の魔物と。この国の建国者によってな。フィオーレがそれに手を貸していた）

（なるほどー……フィオーレちゃんがかあ）

さすがのマナーフも、俺にかける言葉が見つからないらしい。

（まあ、ともかくそれは強敵だねえ。それで、どうするの？）

（このユリアが王宮に兵を要請する。防壁を守らせるつもりだ）

（ふむふむ。だけど、山の上に行くなら気を付けたほうがいいかもね）

（どういうことだ？）

（なーんか、さっきから変な魔力の気があるんだよね。人型じゃないやつ……あっ）

王宮に目を向けていたマナーフだが、何かに気が付いたように王都の外を向いた。

俺もすぐに察知した。王都の北から、おびただしい数の魔力の反応があったのだ。

だが、ユリアも王都の人達も気づかない。まあ、ユニコーンのオルガルド達がすぐに報告に戻るだろうが。

（来たか……）

（どうする？　私がやる？）

（ああ、力を貸してくれ。俺もユリアと王宮に行ってから、急いで北に向かう）

（分かった。だけど……その王宮も、やっぱりやばいみたい）

（王宮が？）

（明らかに戦闘が起こっている……そして魔力が一か所に集まっている）

マナーフの言う通り、王宮では魔力がある一か所に向かうのを俺も察知出来た。凄まじい速度で、魔力が集結しつつある。

（まだ内部からの攻撃は続いていたか。しかもこの魔力の集まり方……ただ者じゃない）

（ルディス。私はとにかく空から王都を守る。早く王宮に）

（ああ、助かるよ……本当になんと礼を言っていいいか）

（終わったら、いっぱいお菓子おごるんだよ？）

（もちろんだ。従魔の里でも、美味しいお菓子を作らせよう。それと……マナーフ。魔法を使うとき、王都の人々にもう隠す必要はない）

（え？　いいの？）

（ここにいるユリアなら、ありのままを受け止めてくれる。王都の人々も、魔物のことを考えるきっかけになるはずだ）

さすがのマナーフも、俺の今の言葉に難しそうな顔をする。

（夢物語だと思うけどなあ。まあ分かった。なら、好き勝手やらせてもらうよ）

ちょうどそのころ、鐘楼から鐘が鳴るのが聞こえた。オルガルドが北からのスケルトンのことを人間に伝えたのだろう。

「殿下。敵襲のようです。急ぎましょう」

「ええ。城壁の守りはあまりに手薄……急がなければ！」

俺達は王宮へと走った。

だがその途中、魔力の流れだけでなく、耳や目でも王宮の異変が伝わってくる。

剣と剣が交わる音と人々の悲鳴、宮殿から上がる煙。明らかに戦闘が行われている音だ。

宮殿からは衛兵や使用人が、次々と逃げてくる。

「何が!?　何があったのです!?」

ユリアはその様子を見て声を上げた。

すると使用人の一人が言った。

「へ、陛下が王族と貴族の方々を、大広間に集めたのです。その後、大広間が爆発し、宮殿の各所から鎧を着たアンデッドが私達を襲ったのです！」

「分かりました。使用人はすぐに、他の負傷者の手当てを。他の兵達は、宮殿の入口で防備を！」

「か、かしこまりました。ですが、殿下は？」

「私は王宮で避難を指揮します。ルディス、行きましょう」

「はい！」

俺達はそのまま王宮へと向かった。

はやく他の者を救助しなければ……いやすでに手遅れか。

俺は魔力の動きを見て、すでに宮殿に生きた者はいないと確信する。

一か所に集まっていた魔力の流れが止まったからだ。

王宮の中庭へ入るユリアやロストンの目にも、それは明らかだった。

「これは……なっ!?」

中庭にいたのはスケルトンだった。だが、皆、今までと装備が違う。重装の鎧に、王国の紋章の入った刻印が見えた。

ロストンが剣と盾を構え呟く。

「近衛騎士の鎧……何故」

あの装備は王国の近衛騎士のものなのだろう。ここに来る途中、衛兵に混じって逃げる同じ装備の者が見えた。

「ともかく、私達も殺そうとしているみたいね」

槍や剣を向けるスケルトン達に、ユリアも剣を抜いた。

だがスケルトンは三十体ほどいる。数だけ見れば圧倒的に劣勢だ。

ロストンが言う。

「殿下、ここはお逃げください。ルディス、殿下を連れて逃げるのだ」

しかしユリアが首を横に振る。

「ここで倒さなければ、彼らは王都で民を殺して回る。防ぎながら、後方の兵達の防衛線まで引きましょう。皆、必ず生きて」

「はは！　殿下はいつも難しいことを仰る」

ロストンは苦笑すると、俺に告げる。

「ルディス。何があっても殿下を守れ。俺のことは無視しろ……うぉおおお！」

ロストンは剣を振り上げ、スケルトンを攻撃した。

悪いが、誰も死なせるつもりはない……

俺はロストンに集まるスケルトンを、【風斬】と【火炎球】で攻撃していく。ロストンはその支援に応えるように、次々とスケルトンを粉砕していった。ユリアも同様に、火魔法でスケルトンを倒していった。ユリアの従魔でブルードラゴンのラーンも、空から攻撃を加える。

しかし、数が多い。俺も本気を出したいところだが……

マナーフは……他の入口から出るスケルトンを倒してくれているようだ。今は悪魔のような翼と尾、角を露にし、格好も露出の多いネールのような姿になっている。目にも留まらぬ速さで空を飛び、スケルトンを倒していた。

使う魔法は俺に合わせてくれているようで、風や炎の低位魔法ばかり。あまり強力な魔法を使っていないのは、王都の人々を傷つけないよう力をセーブしてるのだろう。彼女の部下であるサキュバスも、同じような魔法で戦闘に加わってくれている。

何も考えてないように見えて、マナーフは昔から色々と観察している。俺の魔法を見ただけで再現したのも彼女だけだった。今は味方としていてくれることが心強い。

しかし、心強い援軍は彼女だけじゃなかった。

「うぉおおう！　ルディス様から離れろ！」

「ルディス、遅れて申し訳ありません！」

ネールはハルバードを、マリナはメイスを持って、スケルトンに突っ込んだ。スケルトンが一気に粉砕されていく。

「お待たせしました、ルディス君。ユリア殿下は私にお任せください」

ルーンは盾を構えて言った。

「随分と早い到着だな。つけていたな？」

ルーンはとぼけたような顔をして答える。

「まさか、ユリア殿下とルディス君がいちゃいちゃするところを見ようなんて、思ってませんよ」

確実につけてきていたな……いやこんな状況だ。心情として本人達も休むに休めなかっただろう。

「まあ今はそんなこと置いといて、皆、敵をやっちゃいますよ！」

それから俺達は、宮殿から大挙して押し寄せるスケルトンを倒していった。

そんな中、俺の横を矢と魔法が通り過ぎていく。

その攻撃がスケルトンを粉砕すると、すぐに聞き覚えのある声が響いた。

「ルディス！　さっさと、鎮圧するわよ！　王都の外からも敵が迫っている！」

「エイリスさん！　ノールさんとカッセルさんも！」

振り返ると、そこには弓を持ったエイリスと、ノール、カッセルもいた。

先輩冒険者の三人が来てくれたようだ。

「スケルトンごとき、このカッセルに任せておけ！」

スケルトンの大群に突っ込み、カッセルは大剣を振り回した。一度に、五体のスケルトンが砕かれていく。

だがもっと強力なのは、ノールの魔法だった。

「カッセル、あまり動き回らないで！　当たっても知らないわよ！　【火炎球】！」

ノールの杖には、アンデッドドラゴン討伐の際、扱える魔力を増やす強化を行っている。

その杖から放たれる【火炎球】はすでに馬一体を飲み込むほどの大きさだった。次々とスケルトンを倒していく。

このノール達の増援で一気にスケルトンは数を減らしていった。

しかし、突如宮殿が大きく崩れていく。

「……誰だ？　誰が、私の復活を邪魔する⁉」

崩れる宮殿の中から現れたのは、巨大な有翼の生き物だった。象の倍以上の大きさで、禍々しい黒い瘴気を帯びた生き物。瘴気の間から、おびただしい数の肉や骨が垣間見える。魔物でも、人でもない、哀れな化け物がそこにはいた。

死霊術の一種か……生き物の血肉を集め、新たな肉体を形成する。そこに【憑依】したのだろう。

こんな愚かな行為をする者は、一人しか思いつかない……ヴィンターボルトだ。

「何、あれは⁉」

すぐにユリアとノールが魔法で攻撃を仕掛ける。エイリスも矢を放った。

だが、それはヴィンターボルトの体から伸びる瘴気によって消されていった。

不完全ではあるが、相当な魔力を有している。ここにいる者では、俺とマナーフの魔法でしか有効ではない。

だが、ユリアの放つ聖魔法には、傷はつかないものも少し痛がる様子を見せた。肉体を形成する血肉があまりに少なすぎたのだろう。不完全な体のせいで苦痛を感じているようだった。動きも少々鈍い。

ヴィンターボルトは王都の周囲を見て、忌々しそうに言った。

「くっ……どういうことだ？　全く、死者の気配がない……全く血肉がないではないか。フィオーレのやつ。私を謀ったか？」

そんなヴィンターボルトに、ユリアが声を掛ける。

「あなたがこの王国を建国したヴィンターボルト？」

「いかにも……お主は？」

「私はユリア。この国の王女です」

「むう、まだ王族が残っていたか。よし、ユリアとやら、我に血肉を捧げよ。お主も我の一部となり、とこしえに生きるのだ」

同時に、ヴィンターボルトの目が赤く光る。これは催眠魔法の一種か。ここにいる者を皆殺して、自らの血肉にするつもりだろう。

だがそうはさせない。俺は皆に【魔法壁】を掛けて、それを防いだ。

「お断りいたします。あなたはもう王ではありません。ただの化け物です」

「何ぃっ？　何故、我が魔法が……ええい！」

催眠魔法が効かないことにヴィンターボルトはいらだちを見せるが、ユリアは怖気づくことなく答える。

「地底で働かせていた魔物の功績を自らのものにすり替え、今は自国の民を生贄に不死の存在になろうとしている。浅ましく、愚かな行いです」

「ほう、そこまで知っているとは。ということは、今回我を邪魔したのは、お前か」

「私もですが、この王都の人すべてがあなたに抵抗しようとしています。あなたは、この国の人達の敵です」

「ふむ……我が計画を見破る者がいたとはな。小娘の分際でかしこい。我の子孫の中では、良い頭をしているようだ。少なくともお主の父……いや、待て……お主」

ヴィンターボルトは、ユリアの手に視線を向ける。

「それは、魔物を従える帝印……まさか、賢帝と同じ印を」

「ご存じですか。そうです。この印は、かつての賢帝のものと同じ。私と、賢帝を結び付けてくれた印です」

ヴィンターボルトはその言葉を無視するように、何かをぶつぶつと言い始める。それはどこか笑っているようにも見えた。

「……まさか、こんな逸材が生まれるとはな……大広間にいたら、気づかずに殺していただろう……ふはははは！」

ヴィンターボルトは突如笑い出した。それからユリアの全身を舐めるように見回すと、卑しい顔をする。

「それに……だらしない体の子孫が多かった中、なかなかどうして美しい見た目をしている。これは気に入った！」

これはまさか、肉体を変えるつもりか。【憑依】の魔法で。

「復活は、お前達のせいで不完全に終わってしまった……これでは思っていたより魔力が得られぬし、十年も生きられぬだろう。だがユリア、貴様の体を得て大量の魔物を従えていけば、我は賢帝をも凌ぐ膨大な魔力を得るだろう！　ユリア、貴様の体をいただくぞ！」

「お断りします！　あなたの思い通りにはさせない！」

ユリアはそう言って、ヴィンターボルトに魔法を放った。俺達も攻撃を加える。

しかしヴィンターボルトは体を丸め、それを防ぐと魔力を自身に集中させる。

これは高位魔法を使うためか。【憑依】の使用には、一定の距離で術者と対象が止まっていなければならない。

だからユリア以外の者を排除するつもりだろう。

だがその時、マナーフがやってくる。

マナーフはヴィンターボルトの放った黒い波動を受け止める。必死そうな顔で。

確かに強力な魔法だが、マナーフが苦戦するほどではないはず。

（マナーフ、調子が悪いのか？　ならば、俺が）

俺の【思念】の声に答えず、マナーフはきつそうな表情で叫んだ。

「ルディス、助けて！　このままじゃこれ、爆発しちゃう！　あっ、皆は退いて！　あとは私とルディスがやるから！」

わざとらしいというか、俺の目にはマナーフがふざけているようにしか見えない。

だが、俺の周囲の者達はその様子を必死に真剣な顔で見ている。

「あ、あなたは先程の茶店の？」

ユリアが声を上げるのを聞いて、俺も【思念】でマナーフに問いかける。

（なっ、どういうつもりだ、マナーフ？）

（だって、従魔が地下で働かされていたんでしょ。その仇を取る……というよりは、王都の人にそれを知ってもらったほうがいいじゃん。それにこのままじゃ人間は皆、あわてふためくよ。そこにルディスの名を出せば、皆話を聞いてくれるでしょ？）

今、この王都は危機を迎えている。やがて、宮殿が襲われ王族が皆死んだという話が民衆に広まるだろう。そこに外からの大軍勢。皆、混乱しないわけがない。

だが、マナーフの言う通り俺のかつての名前を聞けば、少しは落ち着きを取り戻してくれるかもしれない。

（……分かった。なら、俺の分身を頼めるか？）

（任せといて。今から、この攻撃をわざと爆発させる。爆発と同時に部下の一人をルディスの姿に【変化】させるから、ルディスは以前の姿に化けて。ひげもじゃの）

（髭は元から生えていない……しかし、生前の姿か）

そんなもの適当でいい。霊体のように見せれば、いかにもな感じになるだろう。

（じゃあ、行くよ！　ばんっ！）

マナーフが叫ぶと、ヴィンターボルトの放った黒い靄が爆発した。

と同時に、俺は【変化】を掛けた。ユリア達の目には、今の俺は白く光る人型に映るはずだ。ルーンの【擬態】ほど精巧な変身は出来ないが、誤魔化すのだからこれで十分。

俺は【魔法壁】で爆風を防いだ。飛んでいきそうになるマフラーをなんとか押さえて。

あたりを覆う塵が収まると、賢帝の霊に扮する俺の姿が皆に露になった。

「だ、誰だ!?」

まず声を上げたのはヴィンターボルトだった。

魔力の流れを探知出来ていれば、爆発の中でも俺がずっと動いていないことぐらい分かるはずだ。

こいつはやはり、他者から何かを奪うことしか頭が働かないようだ。

だが今は都合がいい。せいぜい、利用させてもらうとしよう。

「余の名はルディス……かつて帝国の皇帝であった男だ」

俺の言葉に、ヴィンターボルトは体を震わせる。

「る、るる、ルディスだと!?」

ヴィンターボルトだけでなく、後方のユリア達もざわつく。

ユリアは、ノールは……どういう顔をしているのだろうか。あるいは、頭の切れる二人のことだ。

俺が本物とは思ってないかもしれない。

だが俺は、この王都が魔物の力によって築かれ守られていたことを伝えたい。

ファリアの一件を見たユリアとノールなら、俺の話を受け止めてくれるかもしれない。

「ヴィンターボルト。余の名を騙り、地下で我が従魔を使役したな？」

「そ、それが、どうした！　我はヴィンターボルト！　この国の王だ！」

「王……魔物のみならず、自らの国民まで生贄にしようとする者が、王を名乗るか？」

「こ、国民は王の所有物！　どのように扱おうが、我の勝手だ！」

「愚かな……そこまでして保持しようとする王という地位に、何の意味がある？」

「お前がもし本物の賢帝だとすれば、理解出来ぬさ！　お前など民衆に媚び、裏切られた愚者でしかないのだから！　我は永遠の王になる！　神のごとく、永遠にこの地に君臨するのだ！」

ヴィンターボルトは雄叫びを上げながら、俺に闇魔法を繰り出す。

俺はそれを【魔法壁】で防いでいった。

自分の魔法が瞬時に消されていくことに、ヴィンターボルトは憤怒の表情で叫ぶ。

「な、何故だ!?　何故だ!?　何故、我の攻撃が効かぬ！　……まさか、お前は本当にかのルディスだとでも言うのか!?」

「ヴィンターボルト。お前、ろくに争いなど経験したこともないな？　ただその場で立ち尽くし、いたずらに魔力をぶつけるだけ。正面が駄目なら、何故側面から撃たぬ？　子孫を犠牲にしてまで得たその翼と脚は飾りか？」

「だ、黙れ！　お前など！」

ヴィンターボルトは俺に言われ、初めてそこから移動しながら魔法を放った。

俺は一発【火炎球】を加減して放つ。爆発して、周囲に被害が及ばぬよう人の頭ほどの大きさに抑えて。

ヴィンターボルトはその火の球に向かって必死に闇魔法を放つが、俺の火は消せない。

「な、何故、我の攻撃が効かない⁉　ぐはぁっ！」

【火炎球】はヴィンターボルトの腹を直撃し、宮殿へと吹き飛ばす。なんとか立ち上がろうとするヴィンターボルトに俺は言う。

「他者を騙すことだけは、上手かったようだな。あまりの無能っぷりに呆れ果てたぞ」

「く、くそ……」

「ヴィンターボルト。我欲のため余の従魔を弄んだこと、そしてたくさんの人々と魔物を殺めたこと、償ってもらうぞ」

俺が言うと、後ろから声が響く。

「る、るる、ルディス様！　わ、わわ、私も一緒に戦います！　あなたの剣と、あなたから預かったこの子がいますから！」

ユリアは従魔のラーンと共に俺の横に立った。

「わ、私も！　私にも以前、力を付与してくださった杖があります！　賢帝が、私のことなど覚えてないでしょうが！」

ノールもまた隣に立った。二人とも、なんだか落ち着かない様子だ。

俺を賢帝ルディスの偽物だと思うと俺は考えていた。だがユリアとノールのことだからこの状況を利用し、民衆に賢帝ルディスが味方してくれると聞かせるよう芝居をしてくれるだろうと。

でもこの調子だと、二人とも今の俺のことを本物の賢帝ルディスと信じているようだ。

俺は以前ファリアの北で語り掛けたように、二人に優しく返事した。

「いや、ユリア、ノール。二人のことはよく覚えている。だが、この程度の者、余一人でも倒せる。お前達には、北の城壁でやることがあるはずだ」

「そ、そうですが……」

「余もすぐにそちらに向かう。余はこの山の下で働かされていた余の従魔のことで、こいつと話し合わなければいけないのでな」

ユリアは俺の言葉にこくりと頷く。

「分かりました。私達は、先に北のアンデッドと戦います！」

「ああ、頼んだぞ……起きろ、ヴィンターボルト。こんな程度では済ませぬぞ！」

俺が叫ぶと、ヴィンターボルトが宮殿の瓦礫を吹き飛ばした。

「こ、この私を……馬鹿にするなぁあっ！」

ヴィンターボルトは再び体を丸め、魔力をため込む。

……敵に隙を見せているという認識はないのだろうか。

「魔王マナーフよ、ここは危険だ。その者らと共に、北のアンデッドの討伐に向かえ」

「了解！　皆！　ここを離れるよ！」

マナーフの声に、ユリア達は頷き宮殿の外に向かった。俺の分身を務めるサキュバスも一緒だし、これで矛盾は起きないはずだ。

「うぉおおおお！　我は不死の王となるのだぁああ！」

「ヴィンターボルト！　それは幻想だ！　お前はただの人間。かつての俺と同じな！」

「いや、我は死なん！　お前を倒し、我は永遠に生きるのだ！」

ヴィンターボルトは叫びながら、溜めていた魔力を周囲に黒い靄として放射した。【闇波】という、闇属性の高位魔法だ。

なかなかの魔力……多くの王族や貴族を生贄にしたことはあるな。

俺はそれを【魔法壁】で防ぐ。だが、自分だけではなく、ヴィンターボルトを覆うようにして、周囲に広がらないようにした。

「……くっ⁉」

凄まじい風が吹いてきた。せっかくユリア達からもらったマフラーが飛んでいってしまうほどの風だ。

だが【魔法壁】でほとんど防げるので、痛くもかゆくもない。

そんな時、後ろから祈るような声が響く。

「……ルディス……ルディス！　頑張って！」

ユリアの声だ。顔は見えないが、心配してくれているのは伝わる。

そんなに苦戦するような相手ではないが、ヴィンターボルトはあの見た目だ。ユリアは俺一人を残すのが不安なのだろう。

でも俺からすれば、ユリアの方が心配だ。王侯貴族が大量に亡くなった今の王国を、ユリアは導いていかなければいけないのだから。

「……君も、頑張れ」

俺は振り向かず、一言そう応えた。

聞こえていたかは分からない。でも、それからユリアの声は聞こえなくなった。ユリアの魔力が坂を下っていくのも掴めた。

行ったか……なら、俺も終わらせよう。

俺は魔法を防ぎながら、ヴィンターボルトに声を掛けた。

「ヴィンターボルト……お前は哀れだな」

「我が哀れ!? はは！ これは面白いことを言う！ お前こそ哀れだ、ルディス！ あれだけ帝国と民衆に尽くしたのに最後は殺されるのだからな！」

「だが、最後まで一人じゃなかった。俺には従魔がいたんだ。お前には信頼出来る仲間はいたのか？」

「そんなものはいらん！ 我から言わせれば、王たる者は常に孤独なのだ！ 誰かを信頼すれば、お前のように最後に裏切られるだけだ！」

つくづく哀れな男だ。この男は、魔物も人間もただの道具としか思っていなかったのだろう。使えるなら魔物も利用する、というだけの話だ。ある意味、魔物を嫌う者よりも救えないかもしれない。

「いや、違うぞ、ヴィンターボルト。俺は民衆を信頼していたんだ。彼らは俺の死後、その信頼に応えてくれた。平和を築き、皆で手を取り合う社会を築いてくれたんだ」

「理解出来ん！　自分が死ねば終わりだ！　それにそのお前の遺した帝国もついには消えてしまったではないか！　だから、我は永遠に生き続ける！　お前とは違う！」

「ずっと一人で、か……」

　この男は極端に死を恐れているのだろう。それは誰だって怖い。だが、一人で生き続けるほうがずっと怖いはずだ。

「安心しろ、ヴィンターボルト。お前の子孫は歴史に学ぶ。俺の失敗も帝国の失敗も乗り越え、もっと長い平和を実現するだろう。そこに、お前の居場所はない」

「黙れ！　我は君臨するのだ！　永遠に！」

　ヴィンターボルトは更に魔力を使い、矢継ぎ早に闇魔法【闇炎《ダークファイアー》】を撃ちだした。

だが、当たらない。本人は本気なのだろう。魔力だけは立派だが、コントロールが全く駄目だ。

俺は手から【聖光】をヴィンターボルトに向かって放った。

光は闇魔法を打ち消し、ヴィンターボルトに迫る。

「ひっ！　ひぃい！　く、来るな！　亡霊が！」

「どちらが亡霊か……いや、俺も亡霊だな。だから、ヴィンターボルト。亡霊同士、慎ましくしようじゃないか！　永遠の王などという妄想は捨てろ！」

「いやだ、我は王だ！　我は王なのだ！」

必死に魔法を放つヴィンターボルトだが、俺の光には敵わぬと、飛んで逃げようとした。

しかし俺の光は、ヴィンターボルトの翼を焼き、その巨体を宮殿へと吹き飛ばした。

「いぃいっ！」

ヴィンターボルトは瓦礫に埋もれると、その凶悪な外見に似つかわしくない情けない悲鳴を上げた。

俺がそのままヴィンターボルトの手足を【聖光】で焼き切ると、彼はまるで子供のように泣きわめいた。

「くぅそおおおおお！　いだいっ！　いだいよぉっ！　はやく、はやくあのユリアの体に……」

おっと、そうはさせない。

【魂封】という魔法で、俺はヴィンターボルトの霊体化を禁じる。【憑依】はもう使えない。

「ヴィンターボルト。これでお前は、その体で死ぬことになった。あと残り少ない命、この国への贖罪のため費やすというのなら、命までは取らん。スケルトンの一体でも、共に倒そうではないか」

「いやだ！　いやだ！　我は死にたくない！　我は死なん！　……まだ、まだ、あの堕天使に頼れば！」

そう言って、ヴィンターボルトは何かを噛み締めた。

この光は……転移？　魔導石か!?

ヴィンターボルトは光に包まれると消えていった。北の空へと。

あの体で、【魂封】もかけてある。すでに脅威ではないが……向かった先が気になる。

いや堕天使と言っていた。俺の知る限り、堕天使は一人しかいない。フィオーレの元だろう。

北へと目を向けると、そこには地を埋め尽くす大軍が見えた。山のように高い巨人のスケルトンに、空には無数の黒いドラゴンが迫ってきている。

これまでとは明らかに襲撃の規模が違う。フィオーレはきっと全戦力をこちらに回してきたのだろう。そして恐らくはフィオーレ自身も……

「……待っていろ、フィオーレ」

自身を【透明化】して、俺は北の城壁に向かって走り始めた。

だが、首元が寂しいことに気が付いた。

あっ……そういえば、マフラー。

周辺を見渡すも見当たらない。

ユリア達からせっかくもらったのに……だが、今はゆっくりしてられない。また、全てが終わったら探しにこよう。

俺は足を止めず、坂を駆け下りていくのだった。

通りはやはり騒がしかった。逃げ惑う人と、王宮に配置されていた兵が王都の四方の城門と城壁、市街に向かっていくので混雑しているのだ。

しかし、中には城壁に武具や食料、医薬品を城壁へ運ぶ民衆の姿も見える。戦おうとする者も多いようだ。

その理由が少し分かった。

王宮の俺を遠くで見ていた衛兵や民衆が、賢帝が味方に来たと言いふらしたのだ。それによって、少し混乱も収まっているようだ。

また、ユリアが馬で王都を駆け回り、皆に落ち着くよう叫んで回っているらしい。それに応じるように、ユリア殿下のもと団結して戦おうという声が各所から聞こえてきている。

……これなら、俺の声も必要ないかもしれない。俺も城壁で自分の仕事をするとしよう。

俺は城壁に到着すると、北へ目を向ける。

もう、こちらの投石器やバリスタの攻撃が、スケルトンの大群に届いていた。一挙に十体以上のスケルトンが倒されるが、すぐ新手によって穴が埋められていく。このスケルトンの大群が地平線まで続いているのだから恐ろしい。

加えて、巨大なスケルトンもいた。あれはサイクロプスをアンデッドにしたものだろう。鎧を身に着け、巨大なこん棒を持っている。

そして俺達がファリアの北で戦ったアンデッドドラゴンのような、有翼の魔物のアンデッドも見られた。

冒険者や衛兵は、それを見て全身をがたがたと震わせていた。中には、もう城壁から逃げ出す者も。

だがそんな中でも、城壁の外ではオルガルド達ユニコーンが果敢に戦っている。

マナーフら魔王軍は、軍団が使う投石器の岩を魔法で防いで回っていた。

それを見たエイリスが弓を構え叫ぶ。

「皆！　聖獣だけじゃなく、魔物ですらこの王都を守ろうとしてくれてるのよ！　私達人間も戦わなきゃ！」

「そうだ！　この王都が滅べば、王国全土の街も村も消えるだろう！　我らの手で必ず守るのだ！」

カッセルも声を張り上げると、不得手な弓で軍団に矢を放つ。ノールも精一杯の魔力を杖に込め、魔法で軍団を攻撃した。

冒険者達も「おう！」と声を上げて、防衛を始めた。衛兵達も、消極的ながらもそれに続いた。絶望的な状況にもかかわらず、皆故郷を守ろうと戦おうとしている。

俺も、決戦に赴かねば。

俺の死後に色々あったのは事実だ。人間は再び魔物の地を侵し、平和が崩れた。

だが、それはあくまでも俺の死後の人々の出来事。やはり、今を生きる人達が解決しなければいけないのだ。この国で新たな生を受けた俺ももちろん、その一員ではある。

だが、賢帝である俺は違う。賢帝が遺した従魔……俺の従魔を取り戻さなければ。

俺は城壁の上で【透明化】を解き、【変化】で先ほどの霊体の姿を取る。

こちらに気が付いた衛兵や冒険者達がざわつきだす。

「な、なんだ、あいつは？」

「け、賢帝ルディスだ！　さっき王宮で見た！　王宮の化け物を倒して、来てくれたんだ！」

「ルディス！　ルディス！」

いつの間にか、俺の名を呼ぶ歓声が城壁の各地から上がった。

というのも、西から土埃が上がり、その方向から軍団を攻撃する者達が現れたからだ。

あれは……アヴェル達。来てくれたか。

どうやら里の従魔達がやってきてくれたようだ。里のヘルハウンドやゴブリンだけでなく、ファリアの北のオークやトレント、吸血鬼の姿も見える。

伝書花を見て、すぐに駆けつけてくれたんだな。

「ルディスの従魔だ！　ルディスの従魔が味方に来たんだ！」

そんな声が上がった。ルーン達が芝居をしたわけじゃない。自然に発せられた声だった。

俺が現われ、人に味方をする魔物が現れた。俺を歴史や伝説で知る者は、従魔という存在を知っているのだろう。この状態で味方してくれる魔物は、俺の従魔しかいないと思うのは普通だ。

しばらくすると、城壁のあちこちからルディスという声が上がった。それはやがて王都中からも響いた。

王都に目をやると、すでに逃げ惑う者は見えない。

ルーンが俺を見て頷く。

（これが、ルディス様の成されたことの結果です。千年経っても、あなたの名前は人々の間で今も語り継がれているのです）

マナーフも俺に目を向ける。

（さっすが、ルディス。すっごい人気だねー。もう、また皇帝になっちゃえばいいのに）

（いや、俺には他にやるべきことがある……それに、この国に俺は必要ない）

ユリアがいて、困難に立ち向かう民がいる。ここに俺の居場所はない。

俺はただ、今の自分の因縁を片付けるだけだ。
右手を軍団に向け、俺は光を放った。聖属性の最高位魔法【聖光】だ。
極大の光線が軍団の中央部を貫く。すぐに大地を揺るがすような轟音が響くと、軍団の中央には
まっすぐ道が出来ていた。
ちょうどその時、外から城壁にぴょんと上ってくる者がいた。アヴェルとフィストだ。二人の上に
は、チビスライムもいる。
周囲の衛兵や冒険者が驚愕する中、アヴェルは俺に頭を垂れた。
（ルディス様、大変お待たせいたしました。伝書花で応援要請を受け王都に向かいましたところ、
アーロンと出会い、一度戻ってから里の戦力を率いてまいりました。勝手な真似をお許しください）
ヘルハウンドに足の速い者だけでもとアヴェルに伝えに行かせたが、その前からアヴェルは事の重
大さを見抜いていたか。おかげでヘルハウンド以外の従魔達もここに来てくれた。
（いや、アヴェル、本当に助かった。今から、フィオーレに会いに行くところだった）
（そうでしたか……ならば、俺が連れていきます。フィストも行けるな？）
アヴェルが視線を向けると、白いバイコーンのフィストは少し不安そうな表情をしながらも頷いた。
（大丈夫だ、フィスト。ルーン達も付いてきてもらう。ルーン。お前とマリナ、ネールはチビスライ
ムに自分に【擬態】させ、俺についてきてくれるか？【聖光】をもう一度放ち、皆の視界を眩ませ
るから）
（かしこまりました！　フィオーレにがつんと言ってやりますよ！）

（よし、それじゃあ行くとしよう）

俺はすぐに軍団へ向け、【聖光】を放った。と同時にアヴェルへと乗る。

ルーンとマリナもスライムに戻り、俺の後ろに付く。ネールもサキュバスの姿を露にして、フィストへと乗った。

一方で、チビスライム達はルーン達の代わりを務めるため、その三人に【擬態】してくれる。

（では、降ります！）

アヴェルはそのまま城壁を飛び降りた。着地と同時に光が収まり、城壁の上からわあっと声が上がった。

俺は途中、転移柱を地上へと投げ込んだ。これで火口と行き来出来るようになる。

繋がると柱が光るので、それを合図にインフェルティス達にはこちらに来るよう伝えておいた。

しばらくすると俺の後方にインフェルティスが現われ、極大の火炎放射を軍団へ放った。

「よし、インフェルティスも来てくれたな。俺が【聖光】を使って、道を作る！　そこを突っ切ってくれ！　……うん？」

軍団のサイクロプスのスケルトン十体が、巨大な岩を一斉に投げてきた。王都だけでなく、西の従魔や東のユニコーンのほうへも投げ込まれている。

だが、その岩は簡単に防がれた。西ではアーロンとロイズが魔法で砕いたようだ。

同時に、王都と東に投げられた岩は、マナーフの闇魔法によって消えてしまった。

マナーフは俺の隣まで飛んでくる。

「ルディスの部下と白いお馬さん達は私に任せて！　ルディスはフィオーレちゃんのところへ！」

「ありがとう、マナーフ。おかげで何の心配もなく行ける」

俺は次々と【聖光】を軍団に放った。

アヴェルは陣形に開いた道をまっすぐと進んでいった。

だが、フィオーレの魔力の反応が見当たらない。ここに来てないなんて考えられない。隠れているのだろうか。

そう思った時だった。一瞬、大きな魔力の反応が北のある部分から見えた。

これは……木の形。トレントのエライアか。

エライアはリアの母で俺の元従魔だ。フィオーレの呼びかけに応じ、もう一度従魔の誓いを皆に思い出させようと、そのもとへ向かった。

俺に居場所を教えてくれたのか……

「アヴェル、あっちだ！」

「はっ！」

アヴェルは俺が指示した方向へと向かっていく。

だがそれっきり、魔力の反応は現れなかった。エライアが教えてくれた場所まで来たというのに。

周囲に向かってルーンが叫ぶ。

「フィオーレ！　出てきなさい！　ルディス様が来ました！　あなたに会いに来たんです！」

しかし、フィオーレが出てくる気配はない。

その後も何度もフィオーレを呼ぶルーンだが、やがて声を震わせる。

「フィオーレ……お願いです、出てきてください！　忘れたのですか、私達との日々を！」

いつも悲しそうな感情をあらわにしないルーンだが、この日はかつての俺との別れの時のような声をしていた。

俺もルーンに負けじと叫んだ。

「フィオーレ！　俺はここにいる！　俺を許せないかもしれない……だけど、どうか顔だけでも見せてくれないか!?」

何度もフィオーレの名を呼んだ。

だが決して言葉は返ってこない。アンデッドがただ、俺達を囲んで攻撃してくるだけだ。

「ルディス様とママには一歩も近寄らせません！」

「私が相手よ！」

マリナとネールは俺から離れ、アンデッドを攻撃してくれた。

他の従魔達も俺のために防いでくれるが、ずっとこうしてはいられない。何とか、フィオーレを捜さなければ。

それらしい魔力の反応は見当たらないが、フィオーレほどの魔力だ、察知出来ないわけがない。もし近くにいるなら、彼女は魔力を隠蔽しているのだろう。

何とかして、探り当てるんだ……フィオーレなら、ずっとこちらを見ているはず。

しかしその時だった。

突如、俺達の前にぼろぼろの翼の巨人が現れる。

「ヴィンターボルト！」

俺が先ほど宮殿で逃したヴィンターボルトだ。

多少回復したようだが、翼はぼろぼろ。手足も黒い瘴気にとってかわられている。

「ルディスぅ！　来おったな！　だが、あの堕天使の前には、お主も勝てまい！」

ネールがハルバートを構え、フィストから降りた。

「あんたしつこいよ。というか堕天使頼みって……自分一人じゃ何も出来ないわけ？　ルディス様とはえらい違いね。本当に情けない！」

「我を馬鹿にするな！　我はそこの裏切られて殺される馬鹿な男とは違う！　我は永遠……のっ」

ヴィンターボルトは自分の胸に視線を落とした。その胸の中央からは、白銀の剣が飛び出ていた。

「な、な……」

ヴィンターボルトは後ろを振り返る。

「ルディスを馬鹿にするな……お前ごとき虫けらが……ごみが、くずが！」

冷酷な声が響くと、剣はヴィンターボルトの体を縦に真っ二つにする。

「わ、我は死ぬのか……我は……永遠に……」

ヴィンターボルトは黒い塵となって消えてしまった。

その塵の中から現れたのは、白鳥のような片翼を持つ、長いブロンドの髪の女性だった。天使そのものと言っていい柔和で美しい顔には、寂し気な表情が浮かんでいる。

俺もここまで接近されるまで、その膨大な魔力の存在に気が付けなかった。

「フィオーレ……」

「ルディス……どうして今頃、現れたの？」

「それは……」

フィオーレを取り戻すため……確かにそうなのだが、もう少しで思い出せそうなことが思い出せない。フィオーレの顔を見て、何か浮かんでくるはずなのに。

俺がそれを思い出そうとしていると、ルーンが怒声を上げた。

「そんなことより、あなたこそ何をしているんです!? 従魔の契りを破り、何故こんなことを!? 他の皆は忠実に守っていたのですよ！ あなただけが、こんなことをしてしまった！ なんで……なんで、こんなことを！」

ルーンは俺の前で初めて泣くような仕草を見せた。

俺の前世でも、ここまで感情を露にするルーンは見たことなかった。そもそもルーンは自分に感情などはなく、そう見えるときは全て取り繕っているだけと口にしていた。その度に他の従魔から痩せ我慢だだとか、気取っているとか言われていたが。

今の言葉と仕草はルーンの本心から出たものだろう。あるいは他の従魔達の声を代弁したかったのかもしれない。

だが一方のフィオーレはただ黙っているだけだ。

「何故、黙るのですか、フィオーレ！ 何とか言ったらどうなのです!?」

するとアヴェルが口を挟む。

「ルーン、落ち着け！　お前らしくもない！　フィオーレ、まずはこの不死の兵を止めるんだ。それと、エライアは無事か？」

その声に、フィオーレは小声で答える。

「エライアは無事よ……娘が来ているから会いに行くって行っちゃった。だから、私は一人……」

「一人じゃない。俺達や、ルディス様もいる！」

アヴェルが訴えると、他の皆も頷く。

しかしフィオーレは皆の顔を見て、首を横に振った。

「いいえ、私はもう一人なの……私は許せない、人間を。あなた達の場所には、戻れない」

フィオーレは俺に剣を向ける。

「ルディス……私はもう人間をこの世から消すって決めたの。人間はあなたを殺し、あなたが遺した帝国を奪った……今更出てきたって、この恨みは消えないわ」

そう言って、フィオーレはぎゅっと唇を噛みしめた。

「フィオーレ……お前は、人間を恨んでいるんじゃない。お前は、俺を……」

フィオーレは目に涙を浮かべて叫んだ。

「分かったふうなことを言わないで！　私は人間が憎い！　だから、この世の全ての人間を消すだけ！　止めたいのなら、力ずくで止めなさい！」

フィオーレはそう言って、剣先に黒い靄を宿した。

「皆、危険だ！　下がっていてくれ！」

しかし俺が言っても従魔達は下がろうとしない。

そんな中、ルーンがフィオーレに言う。

「フィオーレ！　もしルディス様に危害を加えようとするなら、例えあなたでも許しません！」

「ルディス様と戦うというのなら、その前に俺達を倒すのだな」

アヴェルもルーンの隣に並んで言った。

それに続き、アーロンやインフェルティスもやってくる。リアを連れたエライアや、他の従魔達も。

だが対するフィオーレは一歩も引かなかった。

「……言ったでしょ？　私はもうそっちには戻れない。多くの人間を殺したわ。でも後悔はない……！　人間を守るというのなら、あなた達は私の敵よ！」

フィオーレは自分に言い聞かすように叫ぶと、空中へと飛び、そこで剣先の靄《もや》を爆発させた。

「皆、下がっているんだ！」

俺は【魔法壁】を展開し、それを防ぐ。しかしフィオーレの魔力はやはり凄まじかった。

今までにないほどに【魔法壁】が揺れる。ルーン達も俺に魔力を送ってくれたおかげで、何とか持っているが、俺だけであれば新たな【魔法壁】を展開せざるを得なかっただろう。

「……皆。俺とフィオーレだけにしてくれるか？」

「駄目です！　私達も一緒にフィオーレを説得します！」

「いや、ルーン。お前達をフィオーレは恨んでいない。あいつはただ俺に怒りをぶつけたいんだ。それに彼女の狙いは……どうか、頼む」

「ルディス様……」

そんなルーンにエライアが言う。

「ルーン。フィオーレは今、ルディス様しか見ていません。ここは、見守るとしましょう」

その声に他の従魔も頷いた。

「……分かりました。ですが、ルディス様」

「大丈夫だ、ルーン。フィオーレを傷つけたりはしない……それに俺も必ず皆のもとに帰る。もう、絶対に皆を置いていったりはしない」

「ご武運を」

ルーンは真剣な表情で言うと、堪えるような表情で引き下がった。

同時に皆、俺へ魔力を送るのをやめる。俺は自らの魔力だけで、フィオーレの攻撃を受け止めなければならない。

まず右へ走って、俺は新たな【魔法壁】を次々と展開していく。

フィオーレの闇魔法によって壊されてしまうが、すぐに次の【魔法壁】を張れば問題ない。だが、俺は大丈夫でも手前の地面が爆発で抉られていく。このままでは地面の崩落で立つ場所がなくなるだろう。

「フィオーレ、お前が許してくれるまで、俺はいくらでも攻撃を受け続ける!」

俺はそう言って、自分の脚に【軽歩】という魔法をかける。これは自身の脚へ負担をかけるが、自分の速度を速めることが出来る。これに【浮遊】を組み合わせれば、空中へと飛ぶことも出来るのだ。

俺も持てる全てを使って、フィオーレと対峙することにしよう。

俺は思いっきり、地面を蹴った。すると、空へと浮かぶ。

だが、【軽歩】と【浮遊】を使っている分、【魔法壁】へ回す魔力は少なくなる。フィオーレの攻撃を回避し続けなければいけない。

回避の方法は風魔法を操り空を動き回る。鳥のようにとはいかないが、なかなか機敏に動けていると思う。

それから俺はただひたすらにフィオーレの攻撃を躱し続けた。

こちらからは一切反撃せず、ただフィオーレの力の籠った魔法を俺は避け続けたのだ。

フィオーレは魔法を撃ちながら言う。

「……なんで、攻撃しないの？」

「俺が傷つくことがあっても、お前を傷つけることは絶対にない」

「また、それ？　甘いのは変わらないのね？」

「フィオーレ……お前がただ自分の欲のために他者を殺すような者なら、こんなことはしない。だけど、お前は違う。それに……さっきは傷つけないと言ったが、俺はお前を傷つけてしまった。お前のことを分かってやれなかった……」

「っ!?　まだ、そんなことを言うの!?　私は、本当に人間が憎いだけよ！」

フィオーレは声を上げると、さらに魔法の威力を高めていった。

しかししばらくして、ある時を境にどんどんと威力が弱まっていく。

もともと、フィオーレが本気でないことは分かっていた。すべての魔力を出し切っていない。そして今、もはや俺を殺せるとは思えない魔力を、フィオーレは狙いも滅茶苦茶に放ってきていたのだ。

疲れているわけでも、魔力が減っているわけじゃない……これは。

何故、フィオーレの攻撃が鈍ったのか分かった。彼女の目からは、ぽろぽろと涙が流れていたのだ。

涙で前が見えないということじゃない。俺を攻撃することが辛いのだろう。

俺も彼女の涙が苦しかった。彼女の涙を止めるために……彼女を抱き寄せなければと思った。

【魔法壁】でフィオーレの弱々しい攻撃を跳ね返すと、俺はそのままフィオーレへと飛んでいった。

「……来ないで！　来たら私はあなたを！」

フィオーレは剣を向け叫ぶが、俺は構わず近づく。

すると最後の抵抗とばかりに、フィオーレは持てる魔力を全て用い、高位の闇魔法【闇炎《ダークファイアー》】を放った。

対して俺は聖属性の最高位魔法【聖光】を手に宿し、突き出した。

俺の持つ光とフィオーレの闇がぶつかり合い、周囲に烈風を吹かせる。

しかし俺の手の光は闇を押しのけていき、フィオーレの剣を粉砕する。目前に、涙を流すフィオーレの顔が迫る。

「フィオーレ……すまなかった」

一言そう言って、俺はフィオーレを抱き寄せた。強く、もうどこにも行かせないように。

「なんで……なんで、来てしまったの？　あなたが来なければ、私は戦い続けられたのに！」

フィオーレは赤子のように泣きわめいた。

その涙に、俺はあることを思い出す。

「……お前の涙を見たからだ……悲しみに打ちひしがれる声を聞いて、俺はこの地上に降りてきた」

そうだ。俺は、フィオーレの涙を見て、転生することにしたのだ。

俺はかつてエルペン周辺で、従魔のギラスと再会した。ギラスは変わり果てた姿となっており、俺はこの手で彼を葬った。

しかしその夜、俺は生前と変わらない姿のギラスと再会する夢を見た。

見渡す限りの黄金色の葦原に白銀の木々が立ち並び、どこまでも広がるような青空が見える地で、俺はギラスと再会したのだ。

そこで俺はギラスに許しを請い、彼の魂を海の向こうへ見送った。そこには……

今なら分かる。あそこにいたのは、俺の従魔達だ。俺と同じく亡くなった従魔達。

俺もそこの住人だった。そして地上の人々の声のせいか、俺はそこで神として、地上で寿命を迎えた従魔達と暮らしていた。

一度別れた従魔と過ごせるのだ、こんなに嬉しいことはなかった。だが同時に、不死の従魔はずっと地上。彼らのことは、いつでも気になっていた。

しかし、地上を覗かないようにしていたのだ。彼らには、彼らの生があると。

だがある日、俺は地上から響く従魔の声を聞いた。

それはフィオーレのものだった。その泣く声が、俺の耳に入ってしまったのだ。

フィオーレは堕天使。かつては、天界の言葉を話していた。だから、俺はその声が聞こえてしまった。

俺は居ても立ってもいられず、地上へ降り立つことにしたのだ。

だがそれには他の神々の許しが必要だった。俺は試練を課され、数百年の間、灼熱の地と猛吹雪が吹き荒れる地を彷徨いこの地に転生した。

「私の、ために？」

「ああ。もちろん、他の従魔のことも気になっていた。だが、声を届けてくれたのはお前だ」

「神界から自ら降りてくるなんて……私なんかのために、皆を裏切った私を……」

「フィオーレ。お前は誰も裏切ってなんかいない。お前が行動を起こしたのは、俺の責任だ。お前は、俺が許せなかったんだ……従魔を置き去りにした俺を」

その上、俺の守りたかった帝国もなくなってしまった。悠久の時を生きるフィオーレにとっては、俺の守った物がいかにちっぽけだったかと思ったことだろう。俺が信頼し後を託した人間達が、いかに変わっていったかも目にしたはずだ。

「フィオーレ……俺を許してくれるか？」

「……ルディス。あなたが私に許しを請うことなんて何もない。だって、あなたは何もしてないんだから」

「その、何もしなかったことがいけなかったんだ。俺はただ、お前達を西へと放っただけだ。無責任にも」

「それは違うわ。それは、ルディスが私達を信頼していたからよ」

フィオーレは俺の手首をつかむ。

「許されないことをしたのは私のほう。私はあなたと従魔達との契りを破った……私をここで殺して」

契りを破ったというのは、人間を殺したということだろう。

フィオーレは涙を振り払うと、真剣な眼差しを俺に向ける。

「出来ないのなら、私は自分で命を絶つ」

もともと命など惜しくもないということか。

「フィオーレ……皮肉なことだが、お前が作った軍団はこの国の人間、ひいては俺の従魔や魔王軍をも結束させた」

「それが……どうしたの？」

「これを、お前は望んでいたんだろう？　お前は魔物だけでなく、目に見えるもの全てを軍団に襲わせた。恨んでいる人間だけでなく、魔物も魔王軍もだ。それが、気になっていた」

「……私は一人。だから、全てが恨めしかった」

「いいや、お前は俺を求めていたんだ。もう一度、俺のような者が現れることを」

「……どうして？　どうして、そんなふうに思うの？」

「お前はさっき、人間を恨んでいると言った……それは嘘じゃないだろう。だが、人間を殺すだけならもっと簡単な方法がある。わざわざこんな軍団なんてものを作らずとも」

単にフィオーレが魔法で人の街や村を襲えばいい。彼女を殺せる人間はいないのだから。恨みがあるなら、惨たらしく人間を殺せばよかったはずだ。一刻も早く人間を消し去りたいならただ黙々と人を殺していけばいいだけのこと。

黙り込むフィオーレに俺は続ける。

「お前は、全世界にとっての脅威を作ろうとしたんだ。そしてそれに対抗するため人と魔物が争いをやめ一致団結する……俺がかつて夢見た世界、人と魔物が手を取り合う世界を築こうとした」

俺はフィオーレにかつての自分の姿を見た。帝政への憎悪を一身に引き受けた自分を。

「お前は、自らを悪者にしようとした……この世界の、最後にして絶対的な悪になろうとしたんだ」

もともとフィオーレは自分の命など惜しくもなかったのだ。だが俺を失い、帝国が滅亡するのを目の当たりにした彼女は、どこかに俺を捜さずにはいられなかった。

しかしただの悪役では難しい。世界が滅ぶような、本当の恐怖をこの大陸の者達に与えたかったのだろう。

そうして世界が危うい状態になれば、きっと皆一つになれる……フィオーレはそう信じていた。

フィオーレは声を振り絞る。

「ふふ……ルディスは何でもお見通しね。そうよ……あなたの言う通り、私はこの世界が良くなることを願った。でも、結局誰も現れなかった。それればかりか、世界はどんどんと悪い方向へ向かっていった。無実の人までも巻き込んで……私はただ、火に油を注いでしまっただけ」

「そんなことはない、フィオーレ。今日この日、人、魔物、聖獣が手を取り合ったんだ。そして俺に代わる人物が、あの王都にいる」

「そんなの、信じられるわけがない」

「俺は信じているんだ」

フィオーレははっとした顔をする。

「……ルディスはいつもそうね。また、裏切られるに決まっている……ルディスは、人を見る目がないもの」

「それは……否定しない。だけど彼女は裏切らない」

俺はそう言ってフィオーレの手を取る。

「フィオーレ。どうか俺と、見届けてくれないか？　その人が俺達の夢を果たすのを」

「……私にそんな資格はないわ。それに私はもう、絶対に人間を信じない」

「なら、俺を信じてくれ」

俺はフィオーレの手を握り、その瞳をじっと見つめた。

「何よ、それ……そんなの、そんなのずるいよ……私がルディスを信じられないなんて、あるわけないじゃない……」

フィオーレはぽろぽろと泣きだす。

その涙を拭いながら、フィオーレは俺に問う。

「今度は……今度は、置いていかない？」

俺は力強く頷き、引き下がっていた従魔達へ顔を向けた。

「約束する。一生、最後までお前や皆といる……皆も、俺と来てくれるか？」

ルーン達は迷わず頷いた。

「フィオーレ、一緒に行きましょう。今度は絶対、皆最後まで一緒です！　あなたは私達マスティマ騎士団の団長なのですよ！　あなたがいなくては！　まだまだ、他の従魔が生きているかもしれないんですから！」

その言葉を皮切りに、アヴェル達他の従魔もフィオーレに来るよう声を掛けた。

すると、フィオーレは涙をこらえ、真面目な顔を俺に向ける。

「皆、ごめんなさい……こんなだらしない団長で……今度は絶対に皆、一緒……絶対に！」

そう言ってフィオーレは俺の胸の中で泣き出すのだった。

戦いは終わった。

周囲にいたスケルトン達は皆、塵となって風に消えていく。空を覆っていたアンデッドも、光となって消えた。

青空の下に平穏が戻ったことに、人間、聖獣、魔物の誰もが歓声を上げた。

こうして人と魔物と聖獣が〝初めて〟手を取り合ったヴェストシュタットの戦いは、終わったのである。

四章
二度目の旅立ち

フィオーレを取り戻した次の日、俺は王都宮殿前の広場に来ていた。

当然、賢帝としてではなく冒険者ルディスとして。

広場とそこに至るまでの西門からの道にはたくさんの人が集まっていた。このヴェストブルク王国の新たな王の誕生を、盛大に祝おうと。

王都の西門から大通りを上がってくる白銀の髪の女性に、沿道の人々が歓声を浴びせる。彼女の進む先には色とりどりの花が投げ込まれ、中には吹雪のように花びらが舞っていた。

「ユリア女王、万歳！　我らの新しい王、万歳！」

その言葉に応えるように、白銀の髪の女性ユリアは手を振った。

両脇にはいつもユリアを護衛し続けたロストン、冒険者代表のノール達先輩冒険者三人がいた。

またその後方を、オルガルドらユニコーン、魔王マナーフの一団、アヴェルを筆頭とする従魔が続いた。

俺の隣でルーンが呟く。

「もっと拒否するような人ばかりかと思いましたが、思いのほか、皆受け入れていますね」

ルーンの言う通り、俺も不安だった。魔物がいるなんて、と皆普通は不気味に思うだろう。実際、魔物には歓声を上げない者も多い。だが、石を投げたり罵声を浴びせる者は皆無だ。

「王都の人々が目撃してしまったというのもあるだろう。賢帝と、王都へ加勢に来た魔物達を。それにユリアは、俺と同じ帝印の持ち主だからな……」

ユリアが魔物を従える王印の持ち主ということも、もうとっくに王都中に知れ渡っている。

賢帝ルディスと同じ印ということで、王都の人々はだから賢帝ルディスが助けに来てくれたのだと噂していた。賢帝ルディスは神として、この国の人にも信仰されている。

だが何より、聖獣がユリアを助けたということが、王都の人々を安心させた。聖獣は信仰の対象であり、それが味方したユリアは正当な王なのだと皆認めたのだ。彼らが魔物を襲わないのも、この状況を作り出した一因だ。

ルーンはそのユリアを見て呟く。

「そのユリア姫も、さすがに緊張していますね」

「ああ、ユリアもまさかこんなに早く王になるとは思ってなかったんだろう」

ユリアは自分の実力で王になれたとは思っていないようだ。今回のことは内外の協力もあって乗り越えられたという自覚があるのだろう。

本当に自分が国を治められるか、不安もあるはずだ。足取りも重そうだ。

しかし、もう彼女は王なんだ。この国で起きること、外から降りかかってくるもの、全てに対応しなければいけない。

「ユリア……大変な道になるぞ」

そんなユリアを見ていて、俺も昔を思い出した。不安で、あまりの重圧に逃げ出したかった。いっそ死んでしまおうとも思ったこともある。

でも、困っている人々を見捨てられなかった。それに俺にはルーン達従魔がいた。

おかげで俺は皇帝としての責務を果たし、帝国の人々を救うことが出来たのだ。

ネールが腕を組みながら呟く。

「ちょっと、心配ですけどね私。あの人、頑張りすぎちゃいそうで。何となく、ルディス様に似ているっていうか」

「今までよりも多くの人……こんなにいっぱいの人を指導するなんて出来るんでしょうか？」

マリナも不安そうな顔で言った。

「いや、一人じゃ無理だ。でも、ユリアはもう一人じゃない」

ユリアの従魔はブルードラゴンのラーンだけだ。でも味方は従魔に限らない。いつも一緒のロストン、そして王国の民衆の絶大な支持がある。彼女を慕う人は多い。

俺も、出来る限り彼女の力になるつもりだ。表舞台に立たない、過剰に干渉しないつもりだが、俺もユリアが築く国を見てみたい。

ユリアは大歓声の中、広場の中央に設けられた高台へと上がった。

そこに神殿の聖職者がやってくる。急ごしらえの王冠を持って。

本物の王冠は見つからなかったのだろう。今も宮殿の瓦礫の下に違いない。

聖職者がユリアに冠を被せようとするが、ユリアはそれを断った。

そして皆に、宣言する。

「皆……聞いてください！　私は皆に誓います！　この国の人々皆のための王になると！」

その言葉に、人々からどっと歓声が沸き起こる。

ユリアらしい……王冠でも神々にでもなく、人々に対し王になることを誓うか。

ユリアはさらに続けた。

「私は、かの帝国のような……かのルディスが築き上げた、誰しもが平等な国を作ります！　あなた方の税が、王族の宝石に使われるようなことは、もうありません！」

その言葉に民衆はさらに声を上げた。

王族も有力貴族もほとんどが亡くなってしまった。彼らの死はユリアにとっても悲しいだろうが、今は国を大きく変える機会なのだ。

その後、ユリアは具体的な政策を述べていった。貴族と国民から選出された議会で民法を定めること、王の不当な命令を拒否出来る護民官の設置など、民衆を政治に参加させる政策が目立った。

ユリアはこの王国を、俺の遺した帝国のような国に変えたいのだろう。

その帝国は五百年前に滅びている……だが、ユリアはどうして滅んだのかも学んでいるはずだ。それを、自分だけでなく後世の人々に伝える努力も忘れないだろう。政策には、国民誰しも読み書きと計算、歴史を学べる学校を作るともあった。

ユリアは最後にこう締めくくる。

「必ず、皆が幸せに暮らせる国を築きます……それまで、皆の力を貸してはいただけないでしょうか？」

ユリアが民衆に向かって頭を下げると、おおと声が返ってくる。

そんな国は作れないだろう。民衆も知っているはずだ。

でも、それを目指すことは悪いことじゃない。むしろ目指すべきだ。

戴冠せずとも、民衆は「女王陛下万歳！」と声を上げた。それは王都中から上がり、大合唱となるのだった。

その後は、ユリア、マナーフ、アヴェル、オルガルドとの間で王国並びに周辺地区における不戦協定が人々の前で締結された。

この協定は、人、魔物、聖獣の間に交わされた世界初の条約であった。魔王領や従魔の里との国境線の確認なども、これから行われることになった。ファリア北のトレントやオークの領域も、従魔の里として含まれることになった。

もちろん従魔の里という名前では、王国の人々もよく分からない。アヴェルは俺の名を取り、ルディシア共和国と自分達の里を呼ぶことにしたらしい。ルーンは「帝国に！」と事前に訴えていたようだが、俺がやめさせた。

ともかく、ヴェストブルク王国、魔王領、ルディシア共和国、ユニコーン族の不戦協定が結ばれた。

本音を言えば、ユリアは王国内に魔物が住めるようにしたかっただろう。交易協定なども結びたかったはずだ。

しかし急進的な政策は民衆の理解が得られないと考え、まずは大使館の設置などにとどめたようだ。

マナーフとアヴェルは、賢帝が姿を現せばもっと民衆から支持が得られるのではと考え、賢帝の俺の登場を願った。オルガルドも、それがいいのではと。

しかし、俺は現れないことにした。

これ以上神という存在が都合よく現れては、王国の人々にとってあまりよくない。いつでも危機には、神が助けてくれると期待してしまう。

語り掛けることはせず、あれは幻だったのかもしれないと皆が後々思う、もっと時が経ち後世の人々があれは伝説だよと笑い飛ばす……そうなればいい。

何よりユリアと王国の人々に俺はもう必要ない。彼女達は、自分達の理想の国を作るため、もう動き出したんだ。

ユリアに向けられる溢れんばかりの歓声と期待するような視線が、それを証明している。

俺は群衆に紛れ、ユリアの即位式を見届けるのだった。


即位式の後は、王都中で祭りとなった。これはユリアが開いたものではなく、民衆がユリアの即位を祝って始まった祭りだった。

余談だが、この日はヴェストブルク王国の建国記念日、ひいてはその後継国家の記念日としてとこしえに祝われることになる。

俺もその宴会に参加していた。

今は、ルーン、マリナ、ネール。そして先輩冒険者三人とテーブルを囲んでいる。

協定は結んだが、俺とルーン達冒険者の存在が消えたわけじゃない。俺達は賢帝とその従魔とは関係ない全く別の人間として今まで通り先輩冒険者達と接している。

これからも俺達は冒険者としてしばらくは生きていくつもりだ。ノール達とは今までと同じく先輩後輩の間柄で仲良くやっていきたい。

普段真面目なカッセルもこの日ばかりは、何杯も酒を煽っていた。

「今日は歴史に残る日だ！　我らは歴史の生き証人となったのだ！　いまだかつてない、歴史的瞬間の！」

「ちょっと、はしゃぎすぎよカッセル。私はそんな上手くいくかなって」

エイリスは少し不安そうな顔で酒を口にした。

そうだ、今までずっと争ってきた者同士だ。一度の恩で埋められるような溝ではない。

しかしノールが言った。

「それでも、大きな一歩よ。この枠組みが大きくなれば、いずれは戦いに涙する人もいなくなるかもしれない……」

ノールは首にある五芒星のネックレスを握りしめる。

「きっと、そうなるように賢帝が見守ってくれているでしょう。言い伝え通り、ルディスはこの世に蘇ったのだから。そうでしょ、ルディス？」

その言葉に俺はぎくっとした。

しかしノールは俺の【変化】した姿を見ただけだ。冒険者ルディスが賢帝だとばれているわけがない。

「え？　は、はい。これからもきっとユリア殿下……じゃなかった、女王陛下や俺達を見守ってくれているはずです」

「ふふ、間違いないわ。ところで、これからどうするの？　まだ敵対的な魔物はいるでしょうから冒

険者の仕事はこれからも残るでしょうけど」

「俺は……大陸の東部にも行ってみたいと思っています。もっとこの世界のことを知りたいんです。あ、ノールさんの通っていたアッピス魔法大学で、魔法も少し学びたいとも」

「とてもいいことだと思うわ。あの大学ではこの大陸の人間が持つ、最高峰の魔法を教えている。きっと、あなたも見識を広げられるはずよ。でも、あなたにはちょっと退屈かもしれないわね」

「俺にはまだ分からないことがいっぱいです。退屈なんてことには……」

「いいえ、退屈すぎて呆れると思うわ。それでもいいのなら、紹介状を書いてあげるから」

不敵な笑みを浮かべるノールに、俺はなんだか不安になる。

まさか……俺が皇帝のルディスだったことがバレてないよな？

だが、そんなノールの肩にエイリスが手を回す。

「そんなものより、あんたルディスに伝えなくていいの？　将来、結婚してくれないかって？」

「け、結婚!?　な、なな、何を言ってるの、エイリス？」

「え？　だって、夜な夜な部屋で、あんたルディスぅ、ルディスぅって言ってるじゃん！　そりゃ、こんなイケメン、滅多にいないしね！」

「ば、馬鹿言わないで！　あれは賢帝ルディスのこと！　あ、でもそうなると恐れ多い……いや、そうじゃない！　私はそんなはしたないことしないわ！」

「あー！　怒っちゃった！　やっぱり好きなんだ！　だったら私達もルディス達を追って、東部について行っちゃおうか!?」

ろう。


「ば、馬鹿！　私達はしばらく、ユリア殿下のため、王都を拠点にするって言ったでしょ！」

ノール達はしばらく王都に留まるのか。それは心強い。これからもユリアの助けになってくれるだろう。

それを見て、ルーンが呟く。

「いやあ、これは強敵ですね。ねえ、マリナ、ネール？」

「私もより一層、ルディスに気に入られるため頑張らないと！」

「マリナには負けないわよ。なんたって、私はマナーフ様公認のルディス様のお嫁さんなんだから」

ネールとマリナは、ノールを見て意気込んだ。

それを聞いたルーンがぼそっと呟く。

「まあ……いいでしょう。もちろん、私が正妻として、ユリア姫とノールさんが許せばですけどね」

「二人はそんなこと絶対許さないだろうし、そんな気も絶対ないと思うぞ……というか、俺だってそんな気はさらさらない」

もちろん、ユリアもノールも魅力的な人だ。尊敬しているし、これからも仲良くしたいと思う。

困っていれば力になるだろう。

それを聞いていたのか、エイリスが声を上げる。

「ああ、今ルディスがそんな気ないって！　どうする、ノール？」

「え？　え？　る、ルディス？　そんなことないわよね？」

ノールは慌てて訊ねてきた。非常に不安そうな顔をしている。

「い、いや、そういうつもりでは……ただ、ノールさんみたいな素敵な方は、俺なんかには」

するとノールが俺の両手をがっしりと掴む。

「そんなことない！　あなたはとっても素敵よ！　私と釣り合う……いや、私となら、きっといい家庭が築けるわ！　東からこっちに帰ってきたら、色々話し合いましょう！　いや、その前に少し王都でゆっくりしていったらどう？　王都の観光も出来てないだろうし、私がつきっきりで案内するわ！」

「お、落ち着いてくださいって、ノールさん！　……うん？」

俺はオルガルドがこちらを見ていることに気が付いた。横には、魔王マナーフもいる。

マナーフは俺を見て、手招きした。

なんだろう？　まあでも、これは渡りに船だ。

「お、俺？　ノールさん、なんか呼ばれているようですので」

エイリスが呆れたように呟く。

「あんた、本当にもてもてねえ。まあ、今やオリハルコン級冒険者だしね」

「え？　そ、そうなんですか？」

「うん。ギルドがこの前の穴での捜索を称えて。スケルトンの討伐数や、王都に来るまでのことも評価されてよ。はい、これ」

エイリスはそう言って、俺やルーン達の胸にオリハルコン級冒険者を証明するバッジを付けてくれた。

「なかなか似合ってるじゃないの。これからも、世のため人のため、頑張るのよ」

「我ら三人と同じオリハルコン級。これで、一緒の依頼も受けやすくなるな」

カッセルはそう言って、俺の肩をポンと叩いた。

「ありがとうございます……俺、もっと頑張ります！　それじゃあ、ノールさん、また後程」

「ええ。絶対に約束よ。殿下とは、これからも色々話し合うから……まあそれはさておき、これからも気を付けて。あなたの行く道は、これからも困難が伴うと思う……」

その言葉は今の俺に響いた。東部にも従魔や、その末裔がいるだろう。彼らとの出会いには、必ず困難が付きまとうはずだ。

俺はノールに力強く頷く。

「はい……気を付けます」

「ええ。困ったときはいつでも言って。あなたが私を助けてくれたように……私もあなたを助けるから」

ノールの温かい言葉に、俺は救われる気がした。俺は「ありがとうございます」と頭を下げ、その場を後にするのだった。

ノールとエイリス、カッセルは手を振って見送ってくれた。

この五年後、ノールはこの王国の宮廷魔術師となり、ユリアとその夫を魔法の面でも精神的にも支えることになる。

また、終生その二人と仲良く暮らし、複雑な関係の中でも子を三人儲け、温かい家庭を築くのだった。その子達の名前は皆、賢帝ルディスの従魔の名に因んで名づけられた。

エイリスとカッセルもこの五年後、王国の近衛騎士団に仕えた。やがてエイリスが近衛騎士団の長、カッセルが副団長となると、二人は結婚した。子は八人も生まれ、実に賑やかな家庭だったという。

ノールと同じく、ユリア達とも一生涯の付き合いとなるのだった。

俺はマナーフとオルガルドの元へ向かう。

マナーフはにやにやと俺を見た。

「邪魔しちゃったかな？　それにしても、あのルディスが人間のお友達なんてねー」

「茶化すんじゃない……ところで、何か用か？」

「うん。そろそろ私帰るからさ。お別れの挨拶をと思って」

マナーフが言うと、オルガルドも頷く。

「我も西へ行き、今日の協定を他の聖獣に説いて回るつもりだ。誰も耳は貸してくれないだろうが、お前の名を出せば少なくとも記憶には残るだろう」

オルガルドらユニコーンは協力を申し出てくれた。

しかし、他の東部の聖獣は魔物と交渉しようとは思っていないだろう。オルガルド達が魔物に手を貸し、条約まで結んだとなれば、敵対してくる可能性だってある。

「危険じゃないか？」

「多少の無茶はしなければ、世の中は変えられない……ルディス。我は今のお前から感銘を受け、過去のお前に学ぶことにしたのだ。このマナーフも、他の魔物の部族の説得に勤しんでくれるらしい」

「戦わないでいいのなら、それが一番だしねー。私もいつでも人間のお菓子食べに行けるし」

マナーフはそう言って、手に持っていた紙袋入りのクッキーをぼりぼりと口にした。

「それに、お前には助けられた。アイシャの件もある。度々、お前達の里を訪問させてもらうが、彼女のことはくれぐれもよろしく頼む」

「任せてくれ。フィストにはくれぐれもしつこい真似はさせないよう、告げておく」

「あのバイコーンのことか。まあ今となっては二人が婚姻を結ぶのに反対はしないが……そうだな、あのバイコーンは少々、手荒すぎる。うん？」

王都のどこかから、くしゃみのような音が響いた。バイコーンのフィストのかもしれない。

「まあともかく、これからも里には気軽に立ち寄ってくれ。マナーフもな」

「うん！　美味しいお菓子を作って歓迎してね！　あと……ほらほら」

マナーフはネールに手を振って呼び寄せる。

ネールはあわててこちらへやってくる。

「な、なんでしょう、魔王様？」

「何って。ルディスに挨拶するからさ。これからもネールをよろしくって」

「そうだ……ルディス様。これからも、私ルディス様と一緒に行きます。いや、行かせてください」

ネールは真剣な表情で頭を下げた。

「ネールが望むなら、俺は大歓迎だ。でもマナーフ、いいのか？」

「うん。従魔の契約もそのままで大丈夫。前も言ったけど、ネールはルディスの妻だからね」

「そ、それは、冗談じゃ……」

俺が言うと、ネールが首を横に振る。

「冗談なんかじゃありません！　これは……魔王領とルディシア共和国の、重要な縁談ですから！　断ったら、協定にまでヒビがはいるかもしれませんよ！」

「ね、ネール、落ち着け！　さっきもノールとの話を聞いていたと思うが、俺はまだ結婚なんて！」

「なら婚約です！　ね、魔王様？」

興奮するようなネールに、マナーフはうんと頷く。

「うん！　その婚約、このマナーフが認めた！」

「ルディスよ……人は複数の伴侶と誓いを交わすことは知っているが、皆を幸せにするのだぞ」

「オルガルドまで……と、ともかくこの話はまた今度だ！　ネールも付いてきたいのなら、そうするんだぞ！　俺は他の従魔達に用がある！」

そう言って俺は背中を見せた。

だが、マナーフが言う。

「ルディス！　私はいつでもあなたの味方だよ！　東に行っても大変だろうけど、頑張って！」

「我らも受けた恩は忘れぬ。ルディス、達者でな」

俺は振り返り、二人に言う。

「……二人とも、本当にありがとう……他の魔王軍の者や、ユニコーンにもよろしく伝えておいてくれ」

二人は笑顔で頷く。マナーフは手を振って送ってくれるのだった。

マナーフはこの後も、魔王であり続けた。悠久の時を生きる魔王だが、ついに人間と争うことなく、マナーフの魔王領は自然消滅した。ルディシアと統合したのだ。

オルガルドのほうはこの後、東部で魔物との戦いを繰り広げる過程でユニコーン以外の聖獣を仲間にしていくのだが、俺が東部に赴いた俺が手を貸すこともあった。彼は史上初めての聖獣の国家を打ち立て、その最初にして最後の国王として君臨した。その聖獣の国もルディシアと統合しやはり自然消滅した。その際、フィストとアイシャはついに結婚することになり、ユニコーンとバイコーンの初の結婚となった。子供も生まれ、その子らは聖魔族の祖となる。

マナーフもオルガルドも、俺が死ぬまでずっと良き友人だったし、困ったときは手を貸してくれたのだ。今生の別れの際は、互いに涙を流した仲だ。

俺はマナーフ達と別れると、従魔のもとへ向かった。

広場の一角の酒場には、周囲の人間と違い、魔物が集まる場所があった。そこには俺の従魔達がテーブルを囲んでいた。

里からはヘルハウンドのアヴェル、ゴブリンのロイツ、吸血鬼のアーロンが。

それにファリアの北からやってきたオークのベルナー、トレントのリアとその母のエライアは人間の姿で座っていた。

地下都市の魔物インフェルティス、ベルタ達も一緒で、従魔同士交流を深めているようだ。

「皆、本当によく来てくれたな……ありがとう」

俺は従魔達に頭を下げた。周囲にいる人間には幻覚魔法をかけて、会話が聞こえないようにする。先ほどから、子供達が窓からこちらを覗いているのだ。

アヴェルが俺の前で言う。

「いえ、ルディス様。こうしてまた我らが再会出来たのも、ルディス様のおかげです。それに新たな出会いも増えた」

皆もうんうんと首を縦に振った。

思い返せば、俺も転生してから多くの再会と新たな出会いがあった。生まれたエルク村にいる頃は、こんなに多くの従魔達と会うとは思ってもいなかった。

トレントのリアが呟く。

「やっぱりお母さんの予言が当たったってたってことだね！」

その言葉にインフェルティスが頷く。

「エライアはずっとそう言っていたものな」

「あれね……本当のところは、単なる願望でしかなかったわ」

エライアがそう答えると、皆拍子抜けしたような顔になる。

「なんでい。なんか予言するような力があったんじゃねえのか」

オークのベルナーが呆れたように呟くと、エライアは苦笑いする。

「で、でもね。これからのことは確実に言える。一緒になった私達は、これからずっと幸せに生きていける。ルディス様が戻ってきて、またこんなに多くの従魔が集まったのだから」

俺も皆もそうだと首を縦に振った。

するとと後ろからルーン達がやってきた。フィオーレも一緒に。

ルーンが皆に向かって言う。

「それじゃ、ただの希望です。私達は今度こそ、自分達自身でこの繋がりを守るんです！　ね、団長」

ルーンはぽんとフィオーレの背中を押す。

そのフィオーレだが、やはりまだ申し訳なさそうな顔をしていた。そして自信のなさそうに言う。

「考えたのだけど……団長はやっぱりルーンがいいと思うわ。私はあんなことをしてしまったし、決断力もない。何より、私はルディス以外と話すのが」

新しく仲間になった従魔もいるので、上手くコミュニケーションが取れないと考えているのかもしれない。

しかしルーンが首を横に振る。

「そんなことありません。あなたが誰よりも優しく仲間思いだということは、皆知っています」

フィオーレに【隷従】の魔法をかけられていたインフェルティスもそれに頷いた。

「人間を恨んでいたのは、私達も同じだ。だが、それも今日まで。今日からは、ルディスが手を貸したユリアと協調していこうではないか」

トレントのエライアも言う。

「ええ。自分達の守りを盤石にしつつ、ゆくゆくは人間と手を取り合う……とても難しい課題だわ。

だからこそ、あなたの力と優しさが、私達には必要よ」

皆、その言葉に頷いた。

だが、フィオーレは首を縦に振らない。

それを見て、ルーンはこう呟く。

「うーん、そうですね。難しいならとりあえず私が団長やってもいいですよ？　というか、そもそも私が一番先輩なわけですし。帝国時代は何故か皆、私が団長になるのを拒否しましたが、この時代でも活躍した私を団長にしてもいいのでは？」

ルーンはそう言うと、にやにやと誇らしそうな顔になる。

だがかつての従魔達は皆、ぶんぶんと首を横に振った。

「え？　ええ!?　こんなに頑張った私が何故！　ろ、ロイツ？　私が団長になるべきですよね？」

だがロイツは、「そ、それは」と言って、ビールを持ってきますと誤魔化した。

このロイツは、最初は敵として俺達の前に現れたんだったな。俺のかつての従魔ベイツの直系の子孫は俺に倒されたが、このロイツは俺の魔法を教わりたいがために、俺の従魔となった。

ロイツはこの後俺から魔法を教わりながら、魔法以外の勉学にも励み従魔達の頭脳として頭角を現していく。ゆくゆくはルディシアの宰相となり俺を助けてくれるのだった。

ルーンはすぐにベルタに目を向けたが、「同じくビールを！」と去っていってしまった。

地下都市で出会ったこのベルタは最初俺の従魔達の伝令として働くが、後々ルディシアにて郵便事業を立ち上げる。後にルディシアの郵便局を表すマークは、彼に因みガーゴイルの形となった。

「べ、ベルナー、あなたは？」

「お、俺かよ？　よ、よく分からねえけど、そうだな……感覚的に、フィオーレの姉さんのが、団長って感じがするな！　お前は、正直団長って感じがしねえ！」

ベルナーの忌憚ない言葉に、ルーンはショックを受けたような顔をする。

ベルナーは従魔達の中でも進んで戦に参加する武闘派になる。俺が今世で死ぬ直前に亡くなってしまうが、少し平和な世界に退屈しながらも人魔物問わず子供に運動を教えるなど最後まで元気に暮らしていた。

「ふ、ふふ……団長の資質を持つ私は、そんなことで怒りませんよ。それにしてもさすがはヴァンダルの子孫……デリカシーがないというか、なんというか……り、リア？　あなたは私がふさわしいと思いますよね？」

「うーん。私もフィオーレさんかなー。だって、ルーンさん厳しそうなんだもん！　食べ物とか服のことまで、なんか言ってきそう！」

リアの悪気のない言葉がルーンに突き刺さる。

「べ、ベルナー以上だった……エライア、あなたなんて教育を！」

「あら。私がちゃんとリアと話したのは、ここに来てからよ。リア、これからはいっぱいお話ししましょうね。他の家族も呼んで、ルーンのことをいっぱい聞かせてあげるわ」

エライアの声にリアは楽しそうにうんと言って、エライアに抱き着いた。

エライアとリアは他のトレントや、土魔法や植物に関する魔法に長ける者と一緒に、荒廃した北部の植生を回復していった。彼らは不老不死の存在のため、俺の死後も活動を続け世界中の砂漠を緑にすることにも成功する。

「……ええい！　誰か、私が団長に相応しいという者はいないのですか⁉」

怒鳴るルーンだが、誰もルーンを推す者はいなかった。いや、空気を呼んだのかフィオーレだけは手を上げる。

「……フィオーレ。あなたの優しさは変わりませんね」

テーブルにふさぎ込むルーンに、マリナとチビスライム達が励ますようにその体を撫でる。

アヴェルがふふっと笑った。

「まあ、そう気を落とすでないルーン。お前の働きは、俺達も分かっているし、能力がないなんて言ってない。だが、お前はいつもルディス様と一緒にいたいのだろう？　であれば、団長という忙しい職に縛られないほうがいいと思わないか？」

その言葉に、ルーンははっとした顔をした。

アヴェルは相変わらず言葉が上手い。ルーンの扱いにも慣れているな。

このアヴェルは俺のため、この後もずっと尽くしてくれた。ルディシアの実務を取り仕切ったのはロイツと会議に参加していた者達だが、従魔としては彼が実質的なリーダーだった。俺とマスティマ騎士団長を助け、俺の死んだ後も従魔達を見守る。

「そ、そうですね！　そうだ……私はルディス様のお傍にずっといられれば、それだけでいいですから！　そうだ！　ずっと一緒ですよ、ルディス様！」

ルーンは急に立ち上がると、俺の腕に抱き着いた。

それを見たアーロンがぼそっと呟いた。

「単純な奴だな……相変わらずというか」

吸血鬼であるアーロンは、更に人間の血の代用になるものを探求し続けた。その結果、家畜を用いずとも人の血の代わりとなる植物の液体の発見に成功。吸血鬼はもう、人や家畜の血に頼らなくても生きていけるようになる。吸血鬼の人口を制限しながら、彼はルディス亡き後もエライア達と共に植物や生物の研究に没頭した。

アーロンはやれやれといった表情で続ける。

「まあいい。ルディス様のお傍仕えは、ルーン、お前しかいない。それでフィオーレよ。どうなのだ？」

最初は不安そうにしていたフィオーレだが、ついに決心したような顔になる。力強く頷き、皆に頭を下げた。

「皆、私に団長を任せてほしい。今度は皆を、ルディスを必ず守る。まだ他にいる従魔達も集めて、必ず人間と共生出来る世の中を作る。だから……皆も力を貸して」

そのフィオーレの言葉に嘘偽りはなかった。フィオーレは俺と従魔達を支え、贖罪のためと全ての人と魔物、聖獣のために尽くしていく。いずれ彼女は翼を取り戻し、天界へと行き来出来るようになる。そして天界である者と結婚するのだが……

フィオーレの声に、皆元気よくおうと声を返した。

それからルーンは杯を持ち、皆に訴える。

「それでは、新たなマスティマ騎士団の門出に！　ルディシア建国に！　そして何より我らが主ルディス様に、かんぱーい！」

他の従魔達も乾杯と声を上げ、杯を高く掲げるのだった。

こうしてこの日決意を新たにしたマスティマ騎士団は、ルディシア共和国の軍事力の中心的役割を果たすことになる。共和国が消滅した後も、魔物、そして魔物と人間の混血である魔族達が憧れる騎士団となるのだった。

俺もこの日ばかりは、従魔達が勧めるままに飲み食いした。この時代に生まれ、初めてこんなに腹いっぱい食べたかもしれない。

また、人間の子供達を喜ばせるような従魔もいた。

チビスライムや地下都市のスライム達はあらゆる形に体を変えて、子供を沸かせる。エライアやリアは癒しの効果のある自分の葉っぱを子供達を配ったり、オーク達は人間と腕相撲をするなど、交流を深めるのだった。

すると、酒場の扉がばんと勢いよく開く。

「おお、ここも盛り上がっているな！　ルディス！　今日は記念すべき日！　夜中まで騒ぐぞ！」

そう叫んだのは、ユリアの護衛のロストンだ。弦楽器を持ち、顔を真っ赤に染めている。

「ろ、ロストンさん。ユリア陛下の護衛は？」

「ああ、他の護衛がいるから大丈夫だ！　俺はこの楽器で皆を盛り上げろと言われてな！　あと……

なんだっけ？」

ふらふらと体を揺らしながら、ロストンは首を傾げた。何かを思い出せないようだ。これは相当酔っているな……

「まだ昼だというのに、飲みすぎでは？」

「何を言うか！　確かに王都では昨日まで、悲しい出来事が多かった！　だが俺達は泣いてはいられない！　ユリア殿下……じゃなかった、ユリア陛下のもと団結してこの国を新しく作り直すんだ！」

ロストンはユリア最高と叫び、弦楽器を弾き始めた。周囲の者達もその音楽に盛り上がる。

相変わらず陽気な人だな……まあでも、俺が作った聖属性の魔力で周囲を癒す弦楽器を気に入ってくれたのは嬉しい。

このロストンは終生ユリアの護衛兼相談役として王国に仕えた。非番の日は、自分の所有する劇場や各地の通りで演奏するなど音楽活動も活発に行ったようだ。彼の作曲した曲は、後世の人々にも末永く演奏されることになる。

「あ……そうそう。そうだった。ルディス、殿下がお呼びなんだ」

「殿下が？」

「ああ。今も演壇においでだ。もしかすると、お前への告白かもしれんぞ！」

その言葉に、酒場にいた人間達はひゅうひゅうと声を上げる。

「ろ、ロストンさん！　陛下は仮にも今は、この国の王なのですよ！　冗談でも、そんな軽々しいことを言っては！」

するとロストンは急に真面目な顔をする。

「ルディス……これは冗談ではない。殿下がこれから目指す国では、結婚をするのに身分は関係ない。誰もが身分の差など関係なく、自由に結婚出来る。殿下は、そんな国を作ろうとしてるんだ。大真面目にな」

「ろ、ロストンさん……」

確かにユリアはそういう国を作ろうとしているだろう。身分だけじゃない、やがては種族も超えた結婚を許可するかもしれない。

「……ぶっ。やはりお前は正直な男だな！　嘘に決まっているだろ！　なんたって陛下は賢帝一筋だからな！　はははは！」

ロストンは豪快に笑いながら、俺の肩をばんばん叩いた。

嘘かよ……いやまあ、ユリアが俺と結婚したいなんて有り得ないことだが。

彼女は、賢帝であった俺……というよりは、その功績とされるものに惚れている。そこには多くの脚色もある。だから、本物の賢帝ではないんだ。

ゆくゆくは、彼女の意思に賛同し支えてくれるパートナーが見つかるといいが……なかなか彼女と上手くやっていけそうな者はいないだろうな。

それはともかく、こちらもユリアには一言挨拶したいと思ったところだ。俺は大陸の東へ行くと伝えたい。

もちろんユリアが残れと言うのなら、しばらくは残るかもしれない。だが、俺は他の従魔の足跡を追いたいのだ。東部の状況も気になる。

俺は酒場を出て、先ほどユリアが宣言をした演壇へと向かう。

広場には、ユリアの即位を祝う人達で溢れている。それをかき分けながら、俺はユリアの元へと歩いていった。

演壇では、街の有力者や貴族達がユリアと入れ替わりで話していた。

急進的な改革を志向するユリアだが、今までの制度を完全には無視出来ない。王都であれば裕福な商人、地方であれば領主など、彼らの力を借りつつ、改革を実行していかなければならないだろう。

俺はユリアと会話する者が途切れたのを狙って、ユリアの下へと向かった。

「殿下、ただいま参上いたしました」

「ルディス。よく来てくれたわね。でも、どうしてさっきは一緒にここまで歩いてくれなかったの？……一緒に、演壇にいてほしかったわ」

「え？　そ、それは、冒険者の代表はノールさんでしたし、俺が同席するわけには」

「そうね。確かに冒険者の代表となると、ノール、エイリス、カッセルこの三人になるわね」

「え、ええ。ノールさん達は実際に、今回の戦いでも活躍されましたし。あの大軍に冒険者の皆が奮起出来たのも、ノールさん達の激励のおかげです。私などあまりの恐ろしさに、いつものように魔法も撃てず……」

本当の俺はかつての賢帝の姿をしてフィオーレの元へと向かっていた。その間、マナーフの部下のサキュバスが、俺に化けて城壁の上にいてくれたのだ。

サキュバスは強いが、俺の魔力には及ばないし、変身しながらだ。だからあまり強い魔法は使えないと思った。

しかしユリアは首を傾げる。

「あら、おかしいわね。大活躍だったのに。本当に謙虚なんだから。ずっと昔から思っていたのだけど、もっと自分のしたことを誇ったら？」

「……殿下にそう言っていただけるとは、光栄です」

俺が教えなかったのが悪いのだろうが、サキュバスは魔法の加減をしなかったのかもしれない。魔王直属のサキュバスとなると、相当な魔力も持っているはずだ。

いやあるいは、ユリアが優しさで褒めてくれているだけか。

それにしても昔か……いや、ユリアとはまだ会って一年経ってないと思うが。

「ところで、御用と言うのは？」

「ルディス。あなた、これからどうするつもり？」

「僭越ながら、私も陛下にそれをお伝えしたいと思っていたのです。私は王都に少し滞在した後、大陸の東部へ向かおうと思います」

「東部……人類の生まれ故郷であり、かつての帝国があった場所。なるほどね」

「……？　そう、ですね。ですから、古い都市や過去の遺産も多いと聞きます。もっと世界を見てきたいのです」

「そうね。あなたには、東に行って見なければいけないものが多いでしょう」

「ええ。もっと陛下のように博識になれれば、いいのですが」

「私なんて……まだまだよ。まさか、こんな未熟なまま王になってしまうなんて……ねえ、ルディス。なんでこんな質問をしたかは分かる？」

ユリアは深刻そうな顔をした。

分かっている。不安なんだ。だから、度々手を貸してきた俺に一緒にいてほしいのだろう。

「陛下……私も出来るかぎり、陛下をお助けしたいと思っています。先ほどの演説を聞いたとき、強くそう思いました。きっと、ここにいる人達も皆そうです。協定を結んだ魔物や聖獣も、皆、あなたに真剣な眼差しを向けていました」

「期待されているのは分かっている……だけど、私がこれからやろうとすることは、とっても大きなことよ。誰かを傷つけることになるかもしれない……」

「一人で迷う必要はありません。皆と協力していけばいいのです。陛下が目指されるのは、皆が手を取り合い、共に困難を乗り越える社会でしょう。気負う必要はどこにもありません」

「そうね……でも、私は、頭でっかちで、甘い……皆と上手くやっていけるか」

ユリアはそこまで言うと、空を見上げた。

「ねえ、ルディス。どうして、賢帝ルディスはさっきここに現れてくれなかったのかしらね？　ここに来るまで、ずっと助けてくれたのに」

「陛下、それは……それは、ルディスがもう陛下を助けずとも、大丈夫だと思ったからです。あなたはもう立派な指導者。自分の助けがなくても、この国、ひいては大陸をいい方向に導くと考えたのでしょう」

ユリアはうんと頷く。

「……分かってるわ。私は賢帝に甘えていた。ずっと甘やかされていた……だから、変わらないと。その期待に応えないと……でも、怖いの」

そう言って、ユリアは俺の手を取った。

「ルディス……賢帝が駄目なら、あなたが一緒に……一緒に私とこの国を立て直してくれない？」

「陛下……先も申しましたが、私は本当にあなたをお助けしたい。ですが、今は……」

「やることがある」

俺はユリアに頷く。

東には、俺の元従魔やその末裔がまだ生きているかもしれない。それにその死を知っている者や、記録が残っている可能性もある。

単純に、俺の亡き後帝国がどうなったかもっと詳しく知り、どうして滅んだのかの原因も探りたい。

それには、東部の各地を巡り、多方面の情報に触れる必要がある。

それを終えるまでは、俺は腰を落ち着けられない。いや、落ち着いてはいけないんだ。

ユリアはふうと息を吐くと、俺の手を離す。

「分かった……行ってらっしゃい。私はここで頑張る。あなたがここにまた戻ってきたとき、笑われないように、がっかりさせないようにね」

「陛下……応援しております。そしていつかまた、必ずやお力に」

「ありがとう、ルディス。賢帝にも感謝しなければ。そうだ……」

ユリアはそう言うと、ドレスのポケットから何やら織物のようなものを出した。見覚えのある、マフラーのような形……これは。

「はい、ルディス。これ、あなたのでしょう？」

「え、は、はい！　探していたんです！　これをどこで？」

「宮殿で。皆でヴィンターボルトから逃げるとき、拾ったのよ」

俺はその言葉にぎくっとする。あの時、マナーフの部下のサキュバスが、俺に化けたんだ。ルーン達もあのマフラーを付けていた……

ユリアは首を傾げて言う。

「でも、おかしいのよね。逃げているとき、あなたは確かに同じマフラーを付けていた。ルーン達も。このマフラーはネールと一緒に作ったもので、四枚しかない。それなのに、私は五枚目を持っている。だから、これは賢帝が付けていたものなのかなあって」

あの時……俺がヴィンターボルトを相手にしユリア達だけ北の城壁に向かうとき、ユリアは俺の名を呼び、頑張ってと叫んだ。

ユリアは賢帝を演じる俺と話すとき、必ず様とつけていた。ルディス様と呼んでいたのだ。

それなのに、あの時はまるで今の俺を呼ぶように叫んだ。ルディスと呼び捨てで。

「あ、じゃ、じゃあ、これきっと違います。俺がなくしたのは、昨日の宿なので。確かにこのマフラー、賢帝の名前入ってますもんね」

皇帝が自分の所有物に名前を入れるか。いや記念碑には刻むかもしれないが、マフラーなんてありえない。これは苦しい言い訳だぞ、ルディス……

「そんな偶然あるかしら。そもそもルディスは霊体だった。なんで、マフラーだけこうして実体が」

「か、仮にも賢帝です。もしかしたら殿下にプレゼントなされたのかもしれませんよ」

「なるほど。こうなっているのに」

ユリアはマフラーを裏返し、ルディスの名が入った下の裏地部分を捲った。

そこには、ユリア・ヴェストブルクと記されていた。

「……こ、これは」

「あなたのだけ、私が刺繍しておいたの。だから、これは正真正銘、あなたのものなのよ。それとも、賢帝は私が好きなのかしら？　私は何度も賢帝に命を救われているし、助けられているしね。でも自分の名前の下に、私の名前を隠すように入れて私に渡した……とんだ変態ね」

いや、それ君が入れたんだろう……

「ま、まあ、賢帝も男ですし。陛下はお美しいですから、さもありなん……」

「なんか、口調が違くない？」

「……さ、さあ」

ことここに至っては、もう何も誤魔化せない。

ユリアは俺が賢帝であることを確信している。だからさっきの東部行きだって、やることがあるだろうなどと、俺の心情を察した言葉を放ったのだ。活躍しただろうと言ったのも、心の底からの発言だろう。昔から思っていた、というのは書物で俺に関する歴史を読んだからだ。

ノールにしたってそうだ。ノールも変だった。恐れ多いとか、あなたには魔法大学の講義は退屈だとか。俺の境遇を知っているからこそ、俺はこれからも困難な道を歩むと言ってくれたのだろう。

催眠魔法は出来れば使いたくなかったが……このままではユリアが俺に依存してしまう気がする。

これについては忘れてもらうべきか？

しかし、ユリアは俺を見て微笑む。とても愉快そうに。

「ふふ……賢帝も随分おっちょこちょいだったのね。もっと完璧で、感情を表に出さない、冷静な人だと思っていた」

「に、人間なら誰だってそういうところはあるでしょう」

「ええ、そうね。だから、嬉しくなったの。ルディスは伝説や歴史の本に載っている架空の人間じゃなくて、私と同じ人間だったんだって」

「ユリア……陛下」

「それに、同じ印を持っている。賢帝が何故私を気に入ってくれて、期待してくれたかは分からない。でも、私は彼の目指した……いや、それよりももっと良い世の中を実現したい」

ユリアは俺に真剣な眼差しを向ける。

「私に、出来るかしらね？」

「出来る……出来ます。必ず」

俺の声に、ユリアは元気な顔で頷く。

「ありがとう、ルディス。とても気が楽になった。私、頑張るわ」

そう言うと、ユリアは俺の首にマフラーを巻く。

「あなたにはやるべきことがある。西が終わったのなら、今度は東。きっと悲しい思いもすると思う」

ユリアは賢帝の俺に話しかけてくれているのだ。従魔の死に触れる可能性があるのだ。悲しくないわけがない。

「でも、あなたならきっと全て解決するでしょう。全てを解き明かし、かつての仲間を取り戻す。そしてあなたは、永遠に幸せに暮らすのよ」

「……俺に、出来るだろうか？」

「出来る。あなたはきっと、そのためにまたこの地上にやってきたのだから」

そうだ。そのために俺は数百年、地獄を彷徨ったのだ。

「必ず……取り戻してみせる」

「その意気よ。私も応援しているから」

ユリアはそう言って、俺の手をぎゅっと握った。

「さて、とりあえず一つ話したいことは終りね」

「え？　まだ他に何か？」

「ええ。ルディス、単刀直入に言うわ。私、あなたが好きなの。だから結婚して」

「え？　は、は？　い、今なんて？」

「正直に言うわね……あなたを最初に見た時から、もうずっと好きなの。私の命を助け、その後もわがままに付き合ってくれた。こんないい男がいると思う？」

ユリアは俺の手をさらに強く握った。

「陛下……ここは民衆の前です。さすがに」

「正体を現しているのに、その呼び方はやめて」

「そうは言っても、皆俺達を……」

「なら、魔法でどうにかして。もう我慢出来ないの。私はあなたじゃなきゃ駄目」

新雪のような真っ白い頬を染めるユリアに、俺は事の重大さに気が付く。すぐさま周囲の人々に幻覚魔法をかけて、俺達が気にならないようにした。

「お願いだ、ユリア。君と俺では相応しくない……」

「王と農民だから？　それとも、皇帝と王だから？」

「そ、そうじゃない……君はとても素敵な人だ。だから、俺なんかよりもっと魅力的な男が見つかるはずだ」

「そんな男は存在しない。少なくとも私の中ではね。それとも、ルディスは私のこと嫌い？」

ユリアは切なそうな表情をして、上目遣いで俺を見た。守ってあげたくなるような、そんな顔だ。いつもの凛としたユリアからは考えられない顔だった。

「ま、まさか。俺にとってもユリアは非常に魅力的で知性に……」

「堅苦しい言葉はもうやめて。私のことをどう思うの？」

薄紅色の唇を動かし、顔を近づけるユリア。その空色のような瞳はじっと俺を捉えている。絶対に逃すものかと。

もはやここまでか。

でも、俺だってユリアが好きだ。ユリアは誰にでも優しい。俺はそんなユリアを愛している。

俺はふうと息を吐いた。

「俺は……俺はユリアが好きだ」

「私もよ、ルディス」

俺は初めてキスをした。

今世はもちろん前世ですら、親にもされなかったキスを。

俺は抱き着いてくるユリアをぎゅっと抱きしめた。

ユリアの瑞々しい肌を目の前にして、また白銀の髪から香る花々の芳醇な匂いに、俺は頭がくらっとする。

三十秒ぐらいそんなことをしていたのだろうか。

ユリアはようやく俺から口を離した。俺とユリアの口の間に、一本の線が輝く。

頬を真っ赤に染めて、ユリアは満足そうに言った。

「……私も東部に行ければいいのに。いい？　手紙は毎日とは言わないけど、毎週送ること」

「そ。そんなにか？」

「ええ、当然でしょ。それと次は……魔法なんてかけないで、したいわね」

「それには、皆に祝福されるような結婚にしないとな……う」

皆に目を向けたユリアだったが、すぐにまた俺にキスをした。

「祝福されなくたって、私はあなたと結婚するから」

こうして俺は、ユリアと結婚することになった。もちろんこの時点では婚約だ。

東部に赴いた俺は、そこで従魔達の足跡を目の当たりにする。そこで出会った従魔やその末裔、新たな魔物を仲間にすることも出来た。

同時に、どうしても平和的な解決が出来ない相手は、力で倒していった。魔物に限らず、人間もだ。オルガルドの聖獣を統合する構想に、力を貸したりもした。悪政を敷く王侯貴族を懲らしめることもあった。

その途中、各国の文献に触れ帝国が何故滅びたのかの原因を追究する。単純に帝国が腐敗したからだが、王や皇帝がいなくても汚職は起こりえるのだと確認した。

ノールの通っていたアッピス魔法大学の門をたたき、この世界の魔法の現状も学んだ。

一年間、聴講生として通ったか。友人も何名か出来た。

もともと皇子時代は魔法を極めることを俺は目指していたから、楽しい時間を過ごせた。聖属性の魔法に限り、こっそり大学の者に魔法を教えたりもした。

そうして三年後、俺は大陸西部に帰還する。

そこで俺はルディシア共和国の長となり、従魔だけでなく人も領内に住まわせた。俺は同時に賢帝の生まれ変わりであることを明かし、国民を結束させた。

同時に同盟のためと称し、ユリアは俺との結婚を果たしたのだ。

東部の国との難しい政治的駆け引きが行われる中、結婚生活はとても楽しかった。

だが、苦難もあった。ルーン、マリナ、ネール、そこにノールやフィオーレも加わり、俺と結婚するよう求めた。ユリアは寛大な心で……許すのに時間はかかった。ルーン達と話し合いを重ね、皆納得する形で俺は重婚することになった。そこに俺の意思が尊重されることはなかったが。

とはいえ、たくさんの家族に囲まれる日々は幸せそのものだった。

ユリアの間には、男の子と女の子が二人ずつ生まれた。またネール、ノールとも俺は子をなし、十人もの子が生まれた。

子育ては大変だったが、すくすく成長していくところを見るのは、俺にとっては幸せな日々だった。

俺は国内の魔法技術の振興に努め、西部の諸問題を魔法で解決する日々を送った。

やがて王国とルディシアの間で人と魔物の信頼関係が醸成すると、交易が始まり、その枠組みは魔王領やオルガルドの聖獣達にも広がった。

交易協定はやがて同盟になり、西部は一致団結した。その過程で、西部では国境というものが消失し、単一のルディシア同盟に発展する。

西部が繁栄を極める一方、東部は諸国家同士で行われた内戦で疲弊していた。

俺達はそこからの難民を迎え入れる一方、国家間同士の戦いをやめれば同盟への加盟を認めることにした。

やがて東部の人々や魔物、聖獣は、俺達西部の繁栄を見て、戦争が何も生み出さないことを理解する。

俺が今世で五十歳になるころには、もう戦争は起こらなかった。やがて同盟間で戦争と殺し合いを禁止する条約が作られる。それから数千年経っても、条約はずっと守られ、高度で持続可能な文明が維持されている。

この世界は平和を謳歌し、俺も亡くなる八十歳まで楽しく生きた。孫、ひ孫の成長を見届けたり、従魔やかつての仲間、家族と世界を旅行する。

そして死に際には多くの人々に看取られ、笑顔のままこの世を去るのだった。

だが、それは人間としての俺の、二度目の終わりに過ぎなかった。

俺は地上の人々の声によって、〝再び〟神となった。寿命を全うした家族や従魔と共に天界で再会し、転生前に死亡した者達とも再会出来た。

そんな彼らと共に俺は天界から地上を見守り、ある時は不死の従魔に地上に呼び出されたりと忙しい日々を送る。

ルディスは神々の一柱として永世語り継がれた。これはそんなルディスと従魔達の物語である。

《完》

☆あとがき☆

どうも、苗原一です！　本作をご購入くださり、誠にありがとうございます！　名前は一ですが、ついに四巻の発売となりました！　ここまでシリーズが続いたのも、読んでくださった方々のおかげです、本当にありがとうございます。

また今回の出版に際しまして編集のHさんをはじめとする一二三書房の方々、イラストを描いていただいたBBBOX様、および関係者様にはこの場を借りてお礼申し上げます。

一巻発売当初はまさか四巻まで出せるとは思わず、自分でも大変驚いております。ただ、ここまでお読みくださった方ならお分かりかと思いますが、帝印シリーズは本巻が最終巻となります。

完結まで書かせていただき、作者としては大変嬉しく、また達成感を感じております。シリーズが終わってしまうのは少し寂しいですが、ルディスと従魔達が幸せに暮らせたというところまで書けて本当に嬉しいです。もっとルディスの冒険を描きたかったのはありますが、ルディスの人柄を書ききれたのは作者として満足しています。

ルディスのその後を詳しく書きましたが、人口の多い東部での冒険、その後に再び従魔達のリーダーになるということから、これからもルディスは苦労しそうです……

ただこの世界は、ルディスとそれに憧れていたユリアによって間違いなくいい方向に向かっていくのだと思います。ルディスは一度失敗を、そしてユリアもそれを見ているので。

余談ではありますが、作者は昔からヒロインに限らず、誰か登場人物のために頑張る主人公が好きです。本作のルディスは冒険者として自由に生きたいという願望を持ちながらも、前世の責任感もありユリアに肩入れしたのですが、一応その主人公の特徴を持つのかなと。そう考えると終始作者の書きたい形で書けたのだと思います。

ただ、帝印シリーズはまだ続きます！（あとがき執筆の時点では！）

本作のコミカライズがスクウェア・エニックス様の運営するマンガUPで連載中なのです！

作画のＤ・ｉｅｅｐＺｅｅ様、構成の中村基様によるコミック版帝印は小説版とはまた違う魅力がございますので、ぜひ読んでいただければと存じます。小説版とは少し異なるユリアのキャラクターがまた面白いのです。

こちらのコミック版は現在二巻まで出版されており、この小説版が発売する次の月に三巻が発売される予定となっています。こちらもぜひ読んでいただけると嬉しいです。

さて本当にこれが最後になってしまいますが、最後にもう一度皆様へお礼申し上げます。

前巻は、コロナウイルスが流行った２０２０年、そしてその年、コロナウイルスの感染拡大に対応するための緊急事態宣言が発令された四月の発売となりました。多くの書店さんが閉まっている中での発売でしたが、手に取ってくださった皆さまのおかげで四巻が書けたのです。本当にありがとうございました。

このあとがき執筆時点ではまだまだ辛い状況が続きますが、皆さまのご健康とご多幸を心よりお祈りしております。

また、ふとした時、ルディス達の冒険を読み返していただけたら作者として最高に嬉しいです。

それではまたどこかでお会いできましたら！

苗原一

魔物を従える〝帝印〟を持つ転生賢者 4
～かつての魔法と従魔でひっそり最強の冒険者になる～

発　行
2021年5月15日　初版第一刷発行

著　者
苗原一

発行人
長谷川　洋

発行・発売
株式会社一二三書房
〒101-0003　東京都千代田区一ツ橋 2-4-3 光文恒産ビル
03-3265-1881

デザイン
erika

印　刷
中央精版印刷株式会社

作品の感想、ファンレターをお待ちしております。
〒101-0003　東京都千代田区一ツ橋 2-4-3 光文恒産ビル
株式会社一二三書房
苗原一 先生／ BBBOX 先生

Printed in japan, ISBN 978-4-89199-711-3
※本書は小説投稿サイト「小説家になろう」（http://syosetu.com/）に
掲載された作品を加筆修正し書籍化したものです。